Antonie Haupt

Hexe und Jesuit

ELV

Viktorine Endler, geboren im Januar 1853 in Trier, veröffentlichte unter dem Pseudonym Antonie Haupt zahlreiche Romane, Kurzgeschichten und Erzählungen, die heute größtenteils vergriffen sind. Mit Hexe und Jesuit gibt Elmar Lübbers-Paal einen der historischen Romane der 1932 verstorbenen Schriftstellerin neu heraus.

Antonie Haupt

Hexe und Jesuit

Erzählung aus der Zeit
des Dreißigjährigen Krieges

Mit einem Vorwort von *Margot Käßmann*
Herausgegeben von *Elmar Lübbers-Paal*

ELV

Impressum

Lektorat: Mareike Sauer

Um den Lesefluss zu gewährleisten, sind wenige Worte, an die heute übliche Verwendung, angepasst worden (Zum Beispiel Hülfe zu Hilfe). Ansonsten handelt es sich bei diesem Werk um eine originalgetreue Übertragung.

Abbildungsnachweise

Titelbild: Martin Mendgen: Porträt des Trierer Jesuiten Friedrich Spee, 1938, Öl auf Leinwand, Stadtmuseum Simeonstift Trier, Inv.-Nr.: III 1298, Aufnahme: Bernhard Matthias Lutz, Konz; *Wappen auf der Buchrückseite*: Wappen der Familie Spee, hier nach Otto Hupp, Münchener Kalender 1924, Trier.

ISBN-10: 3-96123-014-5
ISBN-13: 978-3-96123-014-3

Inhalt

Zeitgenössisches Ölgemälde von Friedrich Spee, vermutlich kurz nach seinem Tod gemalt. Quelle: commons.wikimedia.org/Fotograph unbekannt

Cautio
CRIMINALIS,
Seu
DE PROCESSIBUS
CONTRA SAGAS
Liber.
AD MAGISTRATUS
Germaniæ hoc tempore necessarius,
Tum autem
Consiliariis, & Confessariis Principum,
Inquisitoribus, Judicibus, Advocatis, Confessariis
reorum, Concionatoribus, cæterisq; lectu
utilissimus.
AVCTORE
INCERTO THEOLOGO ROMANO.
RINTHELII,
Typis exscripsit Petrus Lucius Typog. Acad.
M DC XXXI

Cautio Criminalis, Ausgabe von 1631
Quelle: commons.wikimedia.org

Vorwort

»Hexe und Jesuit« ist ein Roman, der nun schon 100 Jahre alt ist. Teilweise ist das der Sprache natürlich anzumerken. Und doch bin ich sehr froh und dankbar, dass dieses Buch in unseren Tagen neu erscheint.

Das liegt zum einen daran, dass die Autorin Viktorine Endler, die es unter dem Pseudonym Antonie Haupt veröffentlichte, eine der Frauen ist, die sich durch ihre schriftstellerische Tätigkeit eine gewisse Selbstständigkeit erarbeiten konnte. Sie war an der höheren Töchterschule in Trier gut gebildet, historisch interessiert und verfasste mehrere historische Erzählungen und Romane. In ihrer Generation (sie war Jahrgang 1853) gibt es diesbezüglich nicht sehr viele Vorbilder, wobei interessanterweise ihre Schwester Maria Krug ebenfalls Schriftstellerin war. Viktorine Endler lebte seit ihrer Heirat 1887 in Hannover, im Stadtteil Ricklingen wurde 2012 ein Weg nach ihr benannt. Gut, wenn solche Frauen erinnert werden, deren Namen allzu schnell der Vergessenheit anheimgestellt werden.

Zum anderen ist mir wichtig, an Friedrich Spee zu erinnern. Vielen ist er bekannt als Dichter von Kirchenliedern, beispielsweise »Zu Bethlehem geboren«. Erst als ich eine Andacht zu seinem Lied »O Heiland reiß die Himmel auf« verfasste, wurde mir klar, welch bedeutende Rolle er als »Anwalt der Hexen« gespielt hat. Es wird tradiert, er sei Beichtvater von Frauen gewesen, die der Hexerei angeklagt waren oder habe sie zum Scheiterhaufen begleitet. Historisch ist das umstritten. Wann immer ich aber die vierte Strophe singe – und das Lied ist heute auch im evangelischen Gesangbuch vorhanden, scheint mir das doch sehr wahrscheinlich. Er hat mitgelitten, Empathie gezeigt, wenn er dichtet:

Wo bleibst du, Trost der ganzen Welt,
darauf sie all ihr Hoffnung stellt?
O komm, ach komm vom höchsten Saal,
komm, tröst uns hier im Jammertal.

Auf jeden Fall hat Spee ganz offensichtlich die Hexenverfolgung und die Hexenprozesse kritisch beobachtet. In seinem Buch *Cautio Criminalis,* das er 1631 anonym veröffentlichte, fragt er an, ob Folter der Wahrheitsfindung dienen könne. Er vermutet, die verurteilten Frauen seien unschuldig. Das war gewagt für seine Zeit. Und gleichzeitig ein Plädoyer für Menschlichkeit, Nächstenliebe. Die notwendige christliche Empörung gegen Gewalt, zumal, wenn sie von der Kirche legitimiert wird.

Ich bin lutherische Theologin. Aber der römisch-katholische Jesuitenpater ist mir Vorbild. Weil er mutig für Frauen eingetreten ist, die rechtlos waren. Er hat dazu beigetragen, dass diese unsäglichen Hexenprozesse abgeschafft wurden, in denen Frauen diffamiert wurden, die keinerlei Schuld auf sich geladen hatten. Die unmenschliche Folter, die Schauprozesse, die entsetzlichen öffentlichen Verbrennungen widersprachen absolut der Lehre Jesu von der Liebe Gottes. Dagegen aufzustehen – und wenn auch zum eigenen Schutz anonym – ist auch heute Aufgabe von Christinnen und Christen in aller Welt. Deshalb ist es gut, dieses Buch wieder neu lesen zu können.

Ich danke allen, die sich um die Neuauflage verdient gemacht haben.

Hannover im Juli 2020
Margot Kässmann

Zweihundert hat zum Holzstoß hingeleitet
Ein heil´ger Mann, ein gottgeweihter Dichter,
Deß süße Stimm´ erklang »trutz Nachtigall«,
Ein starker Mann, der mutig dem Gelichter
Des tollen Wahnes und der Grausamkeit
Auf eigne Leibgefahr entgegentrat;
Dem Tartarusgezücht zum Geisterstrei.
Warf er den Handschuh hin mit kühner Tat.
Wer kennt nicht Friedrich von Spee, den Helden?
Von ihm wird rühmend die Geschichte melden,
Sein Name wird im spätesten Jahrhundert
Gepriesen, seine kühne Tat bewundert.
Von der verfolgten Unschuld überzeugt,
Ruft Friedrich von Spee gleich strafenden Propheten:
»Weh euch! Unschuld´gen Blutes Klage steigt
Und schreit zum Himmel auf in Qual und Nöten.
Weh euch, ihr blinden Könige und Fürsten!
Ihr fragt um Rat und folget den Doktoren,
Die, selber blind, nach fremder Habe dürsten,
Gewissensruh´ und Ehre längst verloren!
Weh! Deutsches Vaterland, was diese sagen
Und lehren, ach! mußt blutend du ertragen.«
Ob des Propheten Haupthaar plötzlich bleichte,
Den Krankenpfleger früh der Tod erreichte,
Was er für Recht und Menschlichkeit gesprochen,
Das hat der Wahrheit leuchtend Bahn gebrochen.

Franz Seraphin

»Der Galgenbaum«, aus dem 18-teiligen Radierzyklus »Die großen Schrecken des Krieges« (Les Grandes Misères de la guerre), nach Jacques Callot (1632). Die Abbildung zeigt die Exekutionen.

Die »Hexenprobe« (Wasserprobe, Hexenbad) – versank die Inkulpantin, war sie unschuldig, schwamm sie oben, war sie überführt. Die »Probe« wurde als »Vorprobe« eingesetzt, um den Hexereiverdacht gegen die angeklagten Frauen zu widerlegen oder zu bestätigen. Holzschnitt, um 1600.

I. Der Überfall

Über der Heide graute der Morgen. Von den vereinzelten Bäumen fielen schwere Tautropfen nieder auf das erste Frühlingsgrün der Erde. Im nahen Tannenhain sang die Nachtigall in schmelzenden langgezogenen Tönen. Ihr Lied stimmte zusammen mit der feierlichen Ruhe des Sonntagsmorgens, es erhöhte den beschaulichen Reiz der Sabbatfrühe.

Auf der weiten weichen Fläche trabte lautlos ein einsamer Reiter dem Waldfleck zu. Ein langer schwarzer Mantel umfloß in reichen Falten die hohe Gestalt. Auf dem Kopfe trug der Mann ein priesterliches Birett.

Die vornehme Haltung, die ganze äußere Erscheinung verriet den Hochgeborenen. Silberweißes welliges Haar quoll unter dem Birett des Reiters hervor, während ein auf spanische Weise zugespitzter Vollbart, der das schmale, bleiche, fast noch jugendliche Antlitz umrahmte, tiefschwarz war. Auf schmerzliche Erfahrungen, auf herbe Seelenleiden deuteten außer den frühgebleichten Locken des Mannes auch die Falten auf der hohen Stirn und die feinen Linien, welche von der stark gebogenen, edel geformten Nase sich abwärts nach den Mundwinkeln senkten. Diese kräftig entwickelten Mundwinkel sprachen von ausgeprägter Charakterstärke, während der weiche freundliche Ausdruck des nicht gerade kleinen Mundes auf große Herzensgüte schließen ließ. Geistvolle, zuweilen schwärmerisch aufleuchtende, tiefblaue Augen belebten die eigenartig fesselnden Züge, die wohl keiner vergaß, der sie einmal gesehen hatte.

Am Horizonte tauchte eben mit purpurner Pracht die Sonnenscheibe empor. Hell erglänzten gleich wie unzählige Diamanten die Tautropfen an den Bäumen, an den

Heidesträuchern und den Gräsern. Der Reiter schaute auf; er sog gleichsam mit den Blicken die Herrlichkeit des Morgens ein, flammenartig erstrahlte sein Auge, seine Lippen bewegten sich wie im Gebet, leise begann er zu sprechen, seine Stimme aber wuchs allmählich in immer größerer Begeisterung an:

»Jetzt rollet sich der Himmel auf,
Jetzt drehen sich die Räder,
Der Frühling rüstet sich zum Lauf,
Geschmückt mit Rosenfelder.
Wie strahlt es schön und frisch und kraus
In allen Elementen!
Kein Mensch spricht halb die Wonne aus,
Nicht Redner und Skribenten[1].
O Gott, ich sing´ von Herzen mein,
Gelobet muß der Schöpfer sein!

Die stolzen Bäum´ in Wäldern wild
Sind zierlich ausgebreitet,
Aus Erden ist geschnitzt dies Bild,
Kein Werkzeug hat´s bereitet!
Wer hob euch in die Luft hinauf,
Wer gab das Grün den Zweigen?
Wo gab´s die Farben all´ zum Kauf?
Vor Staunen muß ich schweigen.
O Gott, ich sing´ von Herzen mein,
Gelobet muß der Schöpfer sein!

Wo man das Auge wendet hin,
Mit Lust wird es ergötzet,
Ergötzt wird auch ein jeder Sinn,
Daß er die Wunder schätzet.
Gar reich ist alle Welt geschmückt,

---

1 Schriftsteller.

Welch´ Künstler könnt´s erdenken?
Wer´s recht bedenkt, wird ganz verzückt:
Sein Haupt, das muß er senken.
O Gott, ich sing von Herzen mein,
Gelobet muß der Schöpfer sein.

Drum lobe ihn, Du Menschenkind,
In diesen schönen Zeiten,
Die Traurigkeit schlag in den Wind,
Spann auf die besten Saiten!
Laß tönen Harfe und Lautenklang,
Stimm an die süßen Geigen,
Mit Orgelton und reinem Sang
Mußt Du ihm Ehr´ erzeigen!
O Gott, ich sing von Herzen mein,
Gelobet muß der Schöpfer sein!«

So weit war der Dichter in seinem Lobe Gottes gelangt, da wieherte das Rößlein voller Lust der Morgensonne entgegen und schüttelte gewaltig den Kopf. »O du Schelm, du Erzschelm!«, lachte der in seiner Begeisterung Gestörte so herzerquickend und in so wahrhaft kindlicher Freude, daß jeder hätte mitlachen müssen. »Du lieber Brauner meinst, ich hätte vom Hafer und vom sprossenden Klee singen müssen, wenn es in dieser zerrütteten Zeit überhaupt noch etwas zu besingen gäbe.« Er klopfte dem Tiere vergnüglich den Hals. »Ja, du Braver begreifst es nicht, daß dein Herr in diesen Tagen gewaltiger Kriegsnot zwischen Mord, Totschlag und Sittenverwilderung ohne Maß und ohne Grenzen noch Lust hat, Gott, den Herrn, Lob und Preis zu singen. Du begreifst es nicht, daß kein Wort meiner deutschen Lieder die Stürme ahnen läßt, welche unser Vaterland durchtoben. Ja, ja, du guter Brauner, trotz aller Nachtigallen will ich auf gut poetisch süß und lieblich singen; eigenen Schmerz will ich nicht offenbaren, weil ich mir ein anderes Ziel gesteckt habe – das Lob und den Preis der göttlichen Liebe. – Aber was ist mit dir, mein Tier? Du reckst die Ohren, und ich glaube gar, du scheust, ja du zitterst. Voran, voran, Alter, wir müssen auf unserem Posten sein! Meine zur Kirche zurückgekehrten Kinder warten darauf, daß ich das heilige Opfer für sie darbringe, daß ich ihnen das Evangelium vom guten Hirten verkünde.«

Wenn auch die hohen Tannenwipfel des Waldes, der unseren Reiter unlängst umfangen hatte, von der Purpursonne wie in flüssiges Gold getaucht erschienen, so lagen dennoch tief unten die eben entfalteten Fächer des Farnkrautes und das junge Gestrüpp rings umher unter den dunklen Fittichen der Dämmerung noch nebelhaft verborgen.

Da reitet es heran, gespenstig, schnell und still, Roß und Reiter grau in grau. Wie Fledermausflügel umflattert graue Gewandung den schemenhaften Reiter. Da blitzt es auf. Ein Knall – der Braune bäumt sich und fällt zur Erde.

Einen Augenblick zuckt es wie jähes Erschrecken über des Priesters Antlitz. Im nächsten Momente aber klopft er lächelnd den Hals des Tieres. »Empor, empor, mein alter Freund! Die Kugel ging fehl, ich sah es. Wer wird sich von Furcht übermannen lassen?« Das Zureden hilft; das brave Roß arbeitet sich wieder auf die Beine und beginnt, Reißaus zu nehmen. »Brav, brav, mein Brauner! Wir dürfen uns nicht meuchlings morden lassen, unsere Mission auf dieser Erde ist noch nicht erfüllt.«

Da kommt aus nächster Nähe eine zweite Kugel. Auch sie trifft nicht. »Nur zu, mein Liebling, nur zu! – O Herr Jesus, hilf mir, mein Werk zu vollenden! Allerseligste Jungfrau, heiliger Ignatius, Eurem Schutze empfehle ich mich!« So geht´s in rasendem Galopp hinaus ins freie Feld. Wie ein Schatten aber jagt es hinterher, und dann kommt es nah, ganz nah heran.

Erstarrend schaut der Priester vor sich ein spinnwebfarbenes bartloses Antlitz unter breiter fahler Hutkrämpe. Zwischen schmalen grauen Lippen blinken ihm bleiche Zähne entgegen, und gespensterhaft funkelt in grünlichem Phosphorglanze ein Augenpaar ihn an. Gräßliche Verwünschungen zischen heiser zwischen den farblosen Lippen hervor; und dann hageln Schwerthiebe auf Kopf und Nacken des Wehrlosen. Der hält, trotz aller Schmerzen, sich aufrecht und stammelt leise Gebete.

Da plötzlich dröhnte der Boden unter dem Hufschlag eines mächtigen Streithengstes. Ein Gewappneter sprengte eilig herbei. Unter dessen Sturmhelm schaute ein schönes Jünglingsangesicht zornsprühend und kühn in die Welt.

»Fahre zur Hölle, wohin Du gehörst, Du Unhold, Du Satansknecht!«, donnerte der Mann in Eisen den Grauen an. Zugleich sauste ein Schwerthieb nieder, der den Gespenstigen in zwei Teile gespalten hätte, wenn dieser nicht mit Windesschnelle entwichen wäre. Das Schwert teilte die leere Luft. Der junge Ritter schaute zuerst verblüfft drein; dann aber wollte er, von heiligem Zorn übermannt, hinter dem Fliehenden hinterherstürmen. Da fiel sein Blick auf die von Blut überströmte Gestalt des Mißhandelten. Der Anblick änderte seinen Entschluß. Tränen des Mitleids glänzten in seinen dunklen Augen, er legte ohne Zögern den eisenbeschienten Arm um den im Sattel Schwankenden und nahm das an allen Gliedern zitternde alte Rößlein des Bewunderten an dem Zügel.

»O lieber ehrwürdiger Pater Spee, wie hat der Bösewicht Euch zugerichtet! Wie schlimm hat man Eurem frommen Liebeseifer vergolten, wie schlecht hat man Euer edles Vertrauen belohnt! O, hättet Ihr Euch warnen lassen, hättet Ihr den Schauplatz Eures segensreichen Wirkens geflohen, ehe der Haß und die Rache der Unbußfertigen Euch nachgestellt und erreicht hätte!«

Ein mattes Lächeln glitt über des todeswunden Mannes Antlitz: »Ich danke Euch, Graf Kesselstatt, für Eure tatkräftige Hilfe, für Eure Teilnahme! Und freuet Euch mit mir, lieber Sohn, daß ich gewürdigt werde, ein Geringes für die Wahrheit unseres Glaubens zu leiden. Auf meinem Posten muß ich ausharren, bis ich das Land dem heiligen Glauben wiedergewonnen habe. Der gute Hirt gibt sein Leben für seine Schafe«, so flüsterte er.

»Ich bewundere Eure Seelengröße, ehrwürdiger Vater«, sagte der Jüngling. Dann aber ballte er unwillkürlich die gepanzerte Rechte: »Hei, wie will ich den Verruchten züchtigen, sobald ich Euch in Sicherheit und in treuer Pflege weiß!«, rief er feurig. »Wie könnt Ihr Rache üben, Böses mit Bösem vergelten wollen!«, flüsterte der Missionar, den Ungestümen sanft verweisend.

»Lieber Pater Spee, Ihr seid so gut, ich kann´s nicht fassen. Aber ich räche Euch. In Stücke zerhaue ich den Elenden, wo ich ihn erspüre.«

Und leiser unwillkürlich setzte der Ritter hinzu: »Fleisch und Bein wird er doch haben? ...« Der halb Ohnmächtige wehrte mehrmals ab, den Zürnenden auf das Wort verweisend: Liebet Eure Feinde. Dann ging es sachte der Ortschaft Woltorp zu. »O, Herr Pater, nun seid Ihr geborgen. Da kommt der tolle Herr Tyle, den Ihr vom fanatischsten Prediger der neuen Lehre zum wärmsten Verfechter unseres alten Glaubens bekehrt habt«, rief der Gewappnete freudig.

Es war eine bemerkenswerte Erscheinung, welche den beiden in den Weg trat. Dunkelfarbige, lange Gewänder umhüllten die kräftigen Glieder des rotbärtigen Riesen; ein breitkrämpiger Hut deckte den blonden Scheitel desselben; die Beine steckten bis über die Knie in rotledernen Stiefeln. Mit lebhafter Handbewegung grüßte der Recke[2] aus der Ferne schon herüber; doch als

2 Kühner Krieger.

er näherkam und mit Befremden den Freund bleich und blutüberströmt erschaute, stiegen Tränen in seinen Augen empor. »Was ist geschehen? O, teurer Vater, welches Unglück widerfuhr Euch?«, rief er wie außer sich.

Der Halbtote richtete sich auf und versuchte zu lächeln: »Bringt nur warmes Wasser, lieber Tyle, und laßt zur heiligen Messe läuten«, sagte er in bewundernswerter Selbstbeherrschung.

Hier tut Hilfe Not, das sieht Herr Tyle. Er fragt kein Wort mehr. Stumm eilt er nach Hause und kehrt in wenig Augenblicken schon mit Linnen-Verbandzeug, mit kaltem Wasser und frischen Eiern zurück. »Warmes Wasser, mein Vater, hilft Euch nichts, hier sind kalte Umschläge von Nöten«, erklärt der Riese mit von Mitleid bebender Stimme. Er hob den Pater vom Pferde und kühlte ihm mit barmherziger Hand die Wunden. O welch ein Anblick, fünf Wunden am Kopfe und zwei im Rücken! Der eisenfeste Mann schnitt bebend unter eigenen Schmerzen die Hautfetzen vom Antlitz des Freundes und stillte dann mit dem aus Eiweiß bereiteten Pflaster das Blut des Bekenners. Der Gewappnete aber, Graf Dankmar von Kesselstatt, ritt derweil hastig von dannen; er hatte sich noch eine Aufgabe gesetzt.

Schlimme Nachrichten haben Flügel. In kurzer Zeit war eine weinende Menschenmenge um die kleine Gruppe versammelt. Die Kirchenglocken luden inzwischen feierlich zum Gottesdienste ein. »Macht schnell, macht schnell, lieber Freund! Ich muß ja für meine Kinder das heilige Meßopfer darbringen. Deren liebe Seelen gelten mir höher, als mein hinfälliger Körper. Hört, wie die Glocken uns zur Sonntagsfeier rufen!«, sagte Spee voller Ungeduld und richtete trotz aller Schwäche, trotz aller Schmerzen sich auf, um zur Kirche zu gehen.

Das eben geschilderte Ereignis an dem Sonntage »Miseri cordiae«, dem 29. April 1629, fällt in die verwirrteste und traurigste Zeit der deutschen Geschichte, in eine unglückselige Zeit des Hasses und der Zwietracht, der Glaubensspaltung und der Verwilderung. Die Greul des dreißigjährigen Krieges fegten über unser Vaterland dahin und verwandelten das blühende Reich in einen Schutthaufen. Die kaiserlichen Feldherren Tilly und Wallenstein hatten zu Beginn unserer Erzählung ganz Norddeutschland den protestantischen Heeren wieder abgewonnen. Kaiser Ferdinand II. hatte, von den katholischen Fürsten gedrängt, im März das Restitutionsedikt[3] erlassen, wonach alle von den Protestanten eingezogenen Stifts- und Kirchengüter zurückgegeben werden sollten, und den Katholiken erlaubt wurde, eine Gegenreformation ins Werk zu setzen. Zur Durchführung dieser Bestimmung entsandte der Kaiser Kommissarien, die im Falle der Widersetzlichkeit ermächtigt waren, die nächstgelegene Heeresabteilung zur Hilfe zu rufen. Solche durchaus rechtliche Maßregel erwies sich dennoch als eine unzeitgemäße und unheilvolle, denn sie schürte den Religionshaß und fachte alle Leidenschaften an. Die dem protestantischen Kultus ergebene Grafschaft Peine mit ihrer Stadt und dreißig Dörfern gehörte zum Hildesheimer Stifte, stand aber seit Anfang des Jahrhunderts unter der Oberhoheit des Kurfürsten und Erzbischofs von Köln. Kurfürst Ferdinand von Köln nahm, durch Tilly´s Siege in Niedersachsen ermuntert, die Gelegenheit wahr, das *jus reformandi,* ein wesentliches Attribut der Landeshoheit, auch seinerseits auszuüben. Er verlangte von den Jesuiten den Pater Spee als Glaubensapostel.

Friedrich Edler von Spee zu Langenfeld entstammte einem alten rheinischen Adelsgeschlecht. Er war zu

---

3 Kaiserliche Verordnung.

Kaiserswerth, einem kurkölnischen Städtchen, im Jahre 1591 geboren. Als neunzehnjähriger Jüngling zerbrach der feurige, geistvolle Sproß eines edlen Geschlechtes Wappen und Stammbaum, entschlug sich aller Freuden der Welt und trat in den Orden der Gesellschaft Jesu ein, in dessen Geist er während seiner Gymnasialstudien tiefen Einblick getan hatte. In dem Probehaus für die rheinische Gegend zu Trier wurde der junge Spee alsdann drei Jahre lang für seine wichtige Bestimmung herangebildet. Darauf entsandte man ihn als Lehrer der schönen Wissenschaften nach Köln, wo er wieder drei Jahre lang mit großem Erfolg wirkte und sich die innigste Liebe aller seiner Schüler erwarb. Nach weiteren fünf Jahren des theologischen Studiums erlangte er die Priesterweihe. Dann hatte er den Lehrstuhl der Philosophie und Moraltheologie in Köln mit großer Auszeichnung inne. Seine Liebenswürdigkeit, Sittenstrenge und Frömmigkeit, sowie seine hervorragenden Geistesanlagen, besonders die hinreißende Beredsamkeit, lenkte die Augen der Mitwelt auf ihn. Der Kurfürst Ferdinand von Köln erbat sich den Pater Spee als Domprediger für Paderborn, wo der Protestantismus große Ausdehnung gewonnen hatte. Mit mächtiger Begeisterung, mit bedeutendem Erfolge wirkte der gelehrte Priester hier drei Jahre lang für die katholische Sache. Der ihn so beglückenden und erhabenen Tätigkeit wurde der feurige Prediger jäh enthoben durch einen von seinen Obern ihm übermittelten Ruf des Würzburger Bischofs Philipp Adolf von Ehrenberg nach dessen Residenz. Im dort selbst entglommenen, durch Aberglauben und Habsucht geschürten großen Hexenverbrennen war er von dem milden und frommen Bischofe zum Beichtvater der unglückseligen Opfer ausersehen. Im tiefsten Innern erschütterte den edlen Priester der furchtbare Beruf. Kein Wunder, daß der fortwährende Verkehr mit namenlosem Elend und Schrecken ihn geistig und körperlich aufrieb, ja seine

Lebenskraft untergrub. Der demütige Ordensmann war aber von der Vorsehung auserwählt, mit kühner Hand dem Verderben ein Ziel zu setzen. Er schrieb unter dem unmittelbaren Eindrucke der erschütternden Ereignisse seine Erfahrungen nieder. Zurzeit, da wir ihn kennen lernen, trug Spee die dem Rechte und der Menschlichkeit Bahn brechende Schrift freilich erst im Entwurfe auf dem Herzen.

Des Paters jetzige Tätigkeit als Gegenreformator der Grafschaft Peine war schwierig, doch ungleich tröstlicher, als der erschütternde Beruf in Würzburg. Seine Oberen hatten den edelsten Sohn ihres Ordens nicht länger in der großen Lebensgefahr belassen wollen und ihn daher auf Bitten des Kölner Kurfürsten Ferdinand mit der schönen Aufgabe betraut, Stadt und Land Peine der Kirche zurückzuführen. Unermüdet reiste Spee dann während des Winters von Ort zu Ort, um den Leuten mit flammender Beredsamkeit die Glaubenswahrheiten zu erklären. Mit seinem vom Feuer reiner Gottes- und Menschenliebe durchglühten Geist, mit seiner großen Gewandtheit im Umgange mit Personen jeden Standes und Charakters nahm er gar bald aller Herzen gefangen. Als der Frühling ins Land zog, da feierte der seeleneifrige Missionar das Auferstehungsfest inmitten einer großen dem katholischen Glauben zurückgewonnenen Gemeinde. Die Stadt Peine und 26 Dörfer hatten sich in wenigen Monaten bekehrt. Selbst viele der früheren protestantischen Prediger waren des Ordensmannes treue Freunde geworden, unter ihnen namentlich der »tolle Herr Tyle«, der ihm mit inniger Liebe und Begeisterung anhing. Desto heftiger war der Haß und die Rachsucht der wenigen, welche der Überzeugungskraft des feurigen Redners sich absichtlich verschlossen und ihm zu widerstehen vermocht hatten. Sie streuten aus, der Jesuit habe die Maßregel des Kurfürsten veranlaßt, wonach nur Katholiken in den Rat gewählt werden sollten; sie legten ihm auch die strenge Durchführung des kaiserlichen Restitutionsediktes in ihrem Lande zur Last. Die Gefahr, womit sein Leben stündlich bedroht war, kannte Pater Spee sehr wohl; als treuer Seelenhirt aber verharrte er auf seinem Posten, bis der Meuchelmörder ihn traf.

Zum dritten Mal lud feierlich volles Glockengeläute zum Gottesdienste ein. Der größte Teil der Gemeinde Woltorp lag lange schon in der Kirche auf den Knien und harrte des Priesters, der das Evangelium verkünden und das heilige Opfer darbringen sollte. Sie hatten keine Ahnung von dem furchtbaren Frevel, der inzwischen an dem teuren Vater verübt wurde.

»Wo er so lange bleibt? Gewiß hält ihn ein Sterbender zurück, dem er den letzten Trost spendet, dem er die heilige Wegzehrung reicht«, so fragten und beruhigten sie einander. Sie harrten und harrten.

Da endlich kam er, nein – Gott steh´ uns bei! – da bringt man ihn, bleich, blutüberströmt, dem Tode nahe. »Barmherziger Himmel, was ist geschehen?«

Der riesige Herr Tyle geleitete oder vielmehr er trug den Erschöpften zur Kanzel, zu jenem Predigtstuhle empor, von dem er selber vor wenigen Monaten noch die Lehre Martin Luthers seiner Gemeinde vorgetragen hatte. Voll bewundernder Ehrfurcht, voll tiefer Demut überläßt er dem Würdigeren den Platz. Beim Anblicke des mißhandelten, des pflichtgetreuen Hirten brachen die Leute tief erschüttert und fassungslos in Tränen aus.

Vater Spee aber las mit fester Stimme das Evangelium des Tages: »Ich bin der gute Hirt. Der gute Hirt gibt sein Leben für seine Schafe. Der Mietling aber, der kein Hirt ist, und dem die Schafe nicht zugehören, sieht den Wolf kommen, verläßt die Schafe und flieht; und der Wolf raubt und zerstreut die Schafe. Der Mietling flieht, eben weil er ein Mietling ist, und ihm an den Schafen nichts liegt. Ich bin der gute Hirt und kenne die Meinen, und die Meinen kennen mich, wie mich der Vater kennt, und ich den Vater kenne; und ich gebe mein Leben für meine Schafe. Und ich habe noch andere Schafe, welche nicht aus diesem Schafstalle sind; auch diese muß ich herbeiführen, und sie werden meine Stimme hören, und es wird ein Schafstall und ein Hirt werden« (Joh. X,11–16).

Der Missionar legte die Bibel hin: »Meine liebsten Kinder«, sagte er, »nun urteilet selbst, ob ich ein guter Hirte oder ein Mietling bin. Die Merkmale eines getreuen und liebenden Hirten trage ich an der Stirn und Schläfe ...« Er wollte weiterreden, aber die Kraft verließ ihn.

Schwer stützte er sich auf die Brüstung der Kanzel. Man hörte nur das leise Weinen der Gemeinde. Nach wenigen Augenblicken hatte des Dulders Willenskraft Schmerz und Schwäche überwunden. Er richtete sich empor und rief: »Meine Kinder, singt mit frohem Herzen dem Herrn Lob und Preis. Stimmt an: ›Großer Gott, wir loben Dich‹, und dann betet mit mir für meinen Verfolger. Der Ärmste wußte ja nicht, was er tat!«

Lautes Weinen antwortete ihm. Wer hätte singen können! Da rief Spee dem Sakristan[4] zu: »Ei, Johannes, so fange Du doch an!« Der aber brachte vor Gram und tiefster Bewegung keinen Laut hervor. Der Pater rief abermals ermunternd:

»Wann beginnst Du? Singe, singe aus voller Brust!« Damit brach er zusammen.

Die Gemeinde stimmte jetzt wirklich, um dem vielleicht letzten Willen ihres guten Hirten zu gehorchen, leise mit bebenden Tönen das Loblied an; der Gesang aber war von Weinen und Schluchzen unterbrochen.

Inzwischen trug Tyle den Freund von der Kanzel herunter in sein Haus und ließ ihm allda sorgfältigste Pflege angedeihen. Sobald der Verwundete die Augen wieder

4 Küster.

aufschlug, sprach er den Wunsch aus, zurück nach Peine und von dort nach der Hildesheimer Ordens-Niederlassung gebracht zu werden. Herr Tyle konnte dem lieben Vater die Bitte nicht verweigern. Wohl oder übel hob er ihn in den Sattel und band ihn fest. Hierauf bewaffnete er sich selber mit einer Feuerbüchse und einem Schwert; seinen Hut aber setzte er dem Verwundeten auf, der die Kopfbedeckung bei dem Überfalle verloren hatte. Dann nahm er dessen Braunen an dem Zügel und geleitete ihn gen Peine. Mit Mühe nur konnte der Missionar die trauernden Landleute vom Nachfolgen zurückhalten.

Das Hochamt war gerade zu Ende, als der allen wohl bekannte ehemalige Prediger mit Spee in der Stadt anlangte. Die Leute stutzten über den seltsamen Aufzug und lachten unwillkürlich beim Anblick des doppelt bewaffneten barhäuptigen Theologen. Wie rasch verwandelte sich ihr Lachen in Weinen, als sie näherkamen und von dem Mordanfalle auf ihren geliebten Vater Spee erfuhren. Sie widersetzten sich dem mit Gewalt, daß der Erschöpfte heute noch weitergebracht werde. Rührend war der Wetteifer, mit dem sie alles Erdenkliche herbeibrachten, um des Verwundeten Leiden zu lindern. Eilboten wurden nach Hildesheim entsandt, um einen erfahrenen Wundarzt herbeizurufen. Da Pater Spee aber dringend bat, ihn selber nach Hildesheim zu führen, damit er, wenn es Gottes heiliger Wille sei, wenigstens im Kreise seiner Ordensbrüder sterbe, so entsprach man am folgenden Tage seinem Wunsche und bettete ihn in einem Wagen. Alle Einwohner von Peine begleiteten den Scheidenden unter lautem Weinen bis weit vor die Stadt. Mancher verhärtete Sinn wurde jetzt erst völlig erweicht. Was die strengen Maßregeln der Fürsten und die milden Ermahnungen des Missionars noch nicht vermocht hatten, das erreichte das vergossene Blut. Glaube und Liebe siegten. Alle erkannten, daß nur in dem Garten der katholischen

Kirche solche Blumen des Opfermutes, des Liebeseifers und der Seelengröße erblühen.

Noch hatten die guten Leute ihren Pater nicht verlassen, da verursachte die Ankunft eines Reiters neue Aufregung. Es war Graf Kesselstatt, der, dem Mörder auf der Spur, seit gestern früh die Rüstung nicht abgelegt hatte. Trotz seines liebenswürdigen keckfrischen Wesens hatte der junge Graf noch wenig Freunde in dem Umkreise gefunden, wohin seine kriegerische Sendung ihn geführt. Der Kaiser hatte ihn als Reichskommissar mit der Ausführung des Restitutionsediktes im Hildesheimer Lande betraut. Es war hart, auf des Grafen Geheiß die schönen einträglichen Stifts- und Klostergüter wieder herauszugeben. Kein Wunder, daß man ihn ungern kommen sah! Heute aber umringte man ihn, begrüßte ihn dankbar als den Lebensretter des teuren Vaters und wollte tausend Einzelheiten von dem Überfalle berichtet haben.

»Doch sprecht, Herr Graf, was tatet Ihr mit dem mörderischen Halunken? Es gelang Euch ohne Zweifel, ihn dingfest zu machen?« Der Angeredete schüttelte in edlem Zorn erglühend den Kopf. »Vom Morgenrot bis Mitternacht verfolgte ich den Meuchelmörder über die Heide, durch Moor und Dickicht. Dreizehnmal zeigte sich meinen Blicken die graue Schreckgestalt in unbestimmter Ferne. Meine Kugeln trafen nicht. Dreizehnmal äffte der Unhold mich und verschwand endlich spurlos.« Dankmar von Kesselstatt ritt an die Seite des Paters und schaute mit liebevoller Besorgnis in dessen bleiches Antlitz. »Gestattet, mein Vater, daß ich Euch auf der Fahrt beschütze. Euch rächen war mir noch nicht vergönnt.« Friedrich von Spee sah empor. »Mein ist die Rache, ich will vergelten, spricht der Herr«, sagte er ernst. »Seid unbesorgt, Vater Spee, wenn Euer Todfeind durch einen Christenmenschen gefaßt werden könnte, so wäre er mir nicht entschlüpft. Mit rechten Dingen ging das nicht zu. Der Graue hat einen Pakt mit dem leibhaftigen Gottseibeiuns geschlossen. Die schwarzen Künste sind ja an der Tagesordnung.« Da zuckte Spee zusammen wie in herbem Schmerz. »Dieser unselige, blinde Zauberwahn!«, rief er aus. »Bedenkt, was Ihr sprecht, junger Mann! Wie oft schon hat ein rasches Wort Höllenbrände entfacht und hunderte von Unschuldigen den entsetzlichsten Greueln überantwortet! O, daß ich sagen könnte, welche Qual mein Herz zerreißt über Dinge, die ich verschweigen muß! Ich schwöre es bei Gott, daß ich, der zweihundert Hexen zum seligen Tod vorbereitet, bis jetzt keine zum Scheiterhaufen geleitete, von der ich nach allseitiger Erwägung vernünftiger Weise behaupten könnte, sie sei schuldig gewesen. Darum schweigt, schweigt bei allem, wovon Ihr auch jemals vermeint, daß es nicht mit natürlichen Dingen geschehe. Ihr könnt die Folgen nicht verantworten und müßt dereinst vor dem Richterstuhle der Ewigkeit Rechenschaft für jedes unnütze Wort ablegen. Vergebt! - Ich kann nicht weitersprechen. Wenn Gott mir das Leben läßt, werde ich Euch später mehr mitteilen.«

Graf Kesselstatt war erschüttert. Verstummt starrte er vor sich nieder. Nach einer Weile sagte er leise: »Vater Spee, ich gelobe, Euren Rat zu befolgen.« Es gelang dem jungen Grafen, den väterlichen Freund ohne weiteren Unfall bis zur Pforte des Jesuitenasyls in Hildesheim zu geleiten.

Nach Tagen und auch nach Wochen wurde ihm da selbst auf seine bangen Fragen die Antwort zu teil, daß die Genesung des Paters voranschreite, und daß die Heilkundigen ihn am Leben zu erhalten hofften.

Darstellungen von Hexenbegegnungen.

II. Die Teufelsbraut

Gar bald wurde eines Reichskommissars Tätigkeit durch die mächtige Nachwirkung von Pater Spees Einfluß im Hildesheimer Lande überflüssig. Der Kaiser beorderte Dankmar von Kesselstatt zu ähnlicher Stellung nach dem benachbarten Bistum Paderborn. Auch in der Ferne aber blieb Dankmar in geistiger Verbindung mit dem heiligmäßigen Ordensmann. Hohe Freude gewährte ihm Tyles Nachricht, daß Spee schon nach elf Wochen unter lautem Jubel der Bevölkerung nach Peine zurückgekehrt sei, um sein Bekehrungswerk erfolgreich zu vollenden. Zugleich teilte der Prediger mit, daß der Prior[5] des Kloster Corvey an der Weser, ein naher Verwandter des Missionars, diesen eingeladen habe, sich in der schönen Wesergegend und der ruhigen Stille des Klosters vollkommen zu erholen, und daß Friedrich von Spee diese Einladung angenommen habe. Graf Kesselstatt staunte. Er wußte, daß das Kloster Corvey unter der allgemeinen sittlichen Verkommenheit schwer gelitten hatte; er wußte, daß man sich zuraunte, vielfache Übelstände hätten sich bei dem großen Reichtum der Benediktiner eingeschlichen; er wußte, daß man erzählte, einzelne Mönche da selbst besäßen vom Ordensmanne nur mehr den Namen und das Kleid. Da erhielt er im September ein Schreiben des Paters vom Kloster Corvey aus, worin dieser nochmals seinem Lebensretter dankte und ihm in hellem Jubel berichtete, daß der Fürstabt ihm erlaubt habe, die achttägigen Exerzitien des heiligen Ignatius im Kloster abzuhalten, daß alle Mönche sich reumütig an den heiligen Übungen beteiligt und sich zur treuen Beobachtung der Regel des heiligen Benedikt gestärkt hät-

5 Vorsteher eines Klosters.

ten. Er erzählte auch, daß er selber von seinen Oberen nach dem nahen Falkenhagen gesandt sei, um dort im Stillen, zwischen Berg und Wald gelegenen Klösterlein seine Gesundheit zu kräftigen.

Falkenhagen war nicht gar zu weit entfernt von Dankmars Felde der Tätigkeit. So schwang er sich an einem schönen Herbstmorgen in den Sattel und ritt nach dem aus Ruinen teilweise wieder aufgerichteten Kloster. Er traf den Pater im hohen Gemache vor einem mit Schriftstücken bedeckten Tische so emsig ins Schreiben vertieft, daß er das Kommen eines Fremden überhörte. Erst bei des Grafen lautem fröhlichen Gruße schaute er auf. In seinen milden Augen leuchtete es wie überirdischer Schein, und auf seinem Antlitze glühte ein rosiger Schimmer; sein ganzes Wesen war verklärt. Jetzt richtete er sich empor und streckte mit freudigem Erkennen dem Ankommenden beide Hände entgegen. »Ich bin beglückt, daß Ihr mich Einsamen aufsucht. Da seht«, er deutete auf seine Schriften, »ich stelle mich ohne Menschenfurcht der Lüge und Ungerechtigkeit entgegen. Die Liebe zu unserem Gott und zu den armen Mitmenschen, die Liebe zur Wahrheit drängt mich zum Kampfe gegen den Irrwahn. Ja, staunt nur, ich schreibe ein Buch gegen das Hexenverbrennen.« Kesselstatt erschrak. »Um Gottes Willen, Pater Spee, was beginnt Ihr? Wisset, daß Ihr durch eine solche Schrift selber in den Verdacht der Zauberei kommt, daß Ihr Euren Körper unsäglichen Matern und schließlich dem Feuertode überantwortet; denn so sehr die Glaubensspaltung die Gemüter auseinanderreißt, in der Hexenverfolgung sind alle einig.«

Spee lächelte. »Die Hingabe meines Lebens scheue ich nicht. O, mein Gott, wie gerne würde ich mich lebendig verbrennen lassen, wenn ich die Unschuldigen damit erlösen, die Welt vom grausigsten Wahn befreien könnte! Aber gerade, weil ich ahne, daß mein Ende nicht mehr ganz ferne, so zwingt es mich, meine durch Erfahrung gewonnene Überzeugung zu offenbaren.« Dankmar wiegte den Kopf. »Zu Tausenden lodern jetzt in der Welt die Scheiterhaufen, und Ihr wollt annehmen, daß alle, die den Holzstoß besteigen, unschuldig sterben, daß es kein Bündnis mit dem Satan, keine Einwirkung der Hölle gebe?«

»Nicht doch, mein Sohn. Das Hineinragen der Geisterwelt in die Geschichte der Menschheit läßt sich ohne Frevelmut nicht leugnen; auch mögen einige von Gott Abgefallene bei den höllischen Mächten Hilfe und Beistand suchen und finden. Ich selber aber, der viel in Kerkern mit Elenden, die satanischer Gemeinschaft beschuldigt waren, verkehrte, habe von keinem zum Tode Verurteilten die Überzeugung gewonnen, daß er schuldig sei. Doch fand ich bei den Richtern Habsucht, Grausamkeit und Menschenfurcht.« Dankmar schauderte. »Was Ihr sagt, ist wahrhaft entsetzlich«, flüsterte er. Der Pater nickte. »In tiefer Nacht führte man mich zum ersten Male in den Zwinger, wo in unterirdischem Verließ eine der Hexerei Angeklagte den Tag darauf folgenden Feuertod erwartete. Man hatte mir gesagt, daß Babelin Gobel, die reichste, schönste Jungfrau in ganz Würzburg, alle Männer bezaubert habe, so daß diese in Liebesglut für sie entbrannt seien. Was ich sah, als ich mit der Fackel in dem tiefsten Verließ umherleuchtete, war ein bleiches, verwildertes Geschöpf, ohne Schönheit und Gestalt, das scheu in einer Ecke kauerte. Man hatte der Höllenbraut ja auf der Folter alle Glieder ausgereckt, sie mit glühenden Zangen gezwickt, mit brennendem Pech übergossen, bis sie in der Verzweiflung alles gestand, was man ihr zur Last legte. Als das Mägdelein mich erblickte, barg es sein Antlitz in den Händen. Ich trat näher, berührte ihren Arm und sagte:

›Schau empor, meine Tochter, und fürchte Dich nicht. Ich stehe hier an Gottes Stelle und habe die Macht, Dir Deine Sünden zu vergeben, wenn Du mit kindlicher Offenheit und voller Reue mir alles bekennst, was Du getan.‹

Da ließ sie die Hände sinken und richtete die großen erschrockenen Augen auf mich. Es war der Blick eines scheuen, zu Tode getroffenen Rehes. Sie schüttelte den Kopf: ›Dem Priester in der Beichte bekennen? Nimmermehr! Das wäre ein Sakrileg‹, so flüsterte sie. ›Mein armes Kind, Du gestandest doch öffentlich; bedenke, daß Du nur durch die Selbstanklage in der Beichte dem ewigen Verderber entrinnen kannst.‹ ›Was ich auf der Folterbank gestand, will ich wiederholen, doch nicht im Sakrament der Buße‹, rief sie; und dann begann sie laut und erregt von ihrem Buhlen, dem Teufel, zu sprechen, wie er sie verführt, wie sie sich ihm ganz hingegeben und ihm, auf seine Belehrung hin, versprochen habe, Menschen und Tieren möglichst viel Schaden anzutun.

›Halt´ ein, mein armes Kind! Hat Dich Dein höllischer Buhle noch derart in Gewalt, daß Du das alles, was Du freiwillig so erzählst, mir nicht in der Beichte gestehen darfst? Bedenke, daß Dein Leib beim Frührot den Flammen übergeben wird; bedenke, daß ich, ein Abgesandter des Höchsten, Deine Seele vor dem ewigen Verderber bewahren, Dir die große Schuld im Sakramente vergeben kann. Voll Erbarmen möchte ich mein Leben hingeben, wenn es mir gestattet wäre, Deine Seele zu retten.‹ Sie sah mich an, sie sah meine Augen in Tränen. ›Ihr weint um mich?‹, hauchte sie. ›O Vater, wie könnte ich beichten!‹ Und dann entfuhr es ihr unwillkürlich: ›Ich müßte im Sakramente ja alles widerrufen, was ich auf der Folter bekannt. Dann aber – o, mein Vater, Ihr kennt die Qualen nicht – dann würden sie mich auf´s neue auf die Marterbank werfen, bis ich auf´s neue in grausiger Pein die erdichteten Schandtaten bekennen würde.‹

Das war Wahrheit, erschütternde Wahrheit. Es griff mir eiskalt ins Herz. ›Liebes, armes Kind, fasse Vertrauen zu mir. Weißt Du denn nicht, daß der Priester ewiges Schweigen gelobt hat über das, was ihm der Beichtende sagt?‹, so raunte ich ihr zu. Prüfend schaute sie zu mir empor. ›Ja, ich vertraue Euch!‹, rief sie plötzlich entschlossen. ›Gott, der Herr, hat meiner Seele Erbarmen bewiesen und Euch gesandt.‹ Und dann klagte das unschuldige Wesen mir seine Gebrechen und Nöten und Leiden in der Beichte.

Ich segnete die Jungfrau. Dann eilte ich von heiligem Gerechtigkeitssinn entflammt davon. Mit heftigem Ungestüm klopfte ich in der Nacht die Richter heraus, einen nach dem anderen. Ich sprach mit der Beredsamkeit, wie der Heilige Geist Gottes sie mir eingab, von meiner Überzeugung, daß die Verurteilte unschuldig sei; ich warf mich den Unmenschen zu Füßen und beschwor sie, die Schuldlose dem Tode zu entreißen. Was man mir erwiderte? – Hohnlachen, ja grause Drohungen. Mein Flehen war vergebens.

Als der Himmel im Morgenrot brannte, wurde draußen im Felde der Holzstoß aufgerichtet. Ich geleitete die Ärmste mit dem Kruzifix zum Scheiterhaufen. Sie küßte das Kreuz; ihre Augen hingen am Bilde des Erlösers, während die lodernde Glut sie umzingelte. Dann hüllten Dampf und Flammen den jugendlichen Körper undurchdringlich ein. Ich wandte mich schaudernd ab, ich floh. Das war das erste Opfer der zweihundert, die ich zum Flammentode vorbereiten mußte.«

»Nun begreife ich, warum Eure Locken von der Zeit bleich geworden sind«, sagte Graf Kesselstatt in Mitleid erbebend.

»Auch werdet Ihr nun einsehen, mein Freund, warum ich mein Buch schreiben will.«

»Mir ist klar, daß der liebe Gott in Euch einen Propheten erweckt hat, dessen Mut in allen Zeiten gepriesen wird«, sprach Graf Kesselstatt warm und fügte hinzu: »Alle Lust ist mir vergangen, noch weiter im Paderbornischen, wo Tag für Tag die Scheiterhaufen flammen, widerstrebendem Volke gegenüber den Reichskommissar zu spielen. Der Rolle bin ich müde! Ich will wieder ins

Feld ziehen, in offenem Kriege den Feinden des Kaisers entgegentreten: Ob ich mich Wallensteins oder Tilly´s Truppen anschließe, bleibt mir gleich. Große Freude ist freilich auch nicht dabei, Führer der Söldnerhorden zu sein.« Vater Spee lächelte. »Wenn ich Euch raten darf, mein lieber junger Freund, so kehret nach Trier zurück. Eurer Vaterstadt tun gerade in diesen schlimmen Tagen tüchtige Männer Not. Philipp Christoph von Soetern, den man den ›schwarzen Kurfürsten‹ nennt, könnte man mit gleichem Recht den ›Streitbaren‹ heißen. Der sonst so ausgezeichnete und gelehrte Mann ist leider nur zu sehr zu Gewalttaten gegen seine eigenen Untertanen geneigt. Der Zwiespalt mit seinen Ständen nimmt kein Ende. Es ist zu erwarten, daß Philipp Christoph, um sich in seinen heftigen Streitigkeiten Recht zu erzwingen, die Franzosen herbeiruft. Daß er geheime Unterhandlungen mit dem französischen Hofe pflegt, ist mir bekannt.«

Kesselstatt fuhr auf. »Das wäre ja treuloser Landesverrat!«, rief er empört. Spee zuckte die Achseln. »Die Begriffe von Treue und Recht sind in der heutigen allgemeinen Sittenverwilderung und Zerklüftung selbst bei den Besseren unklar geworden. Unter dem Lärm der Waffen, mitten im Kampfgewühl der Parteien stumpft das Rechtsgefühl ab. Folget mir, kehrt nach Hause zurück. Ihr gehört in das trierische Erzstift, das kaiserlich gesinnter, echt deutscher Helden bedarf.«

»Ich will mir den Rat überlegen, mein Vater«, sprach Dankmar nachdenklich und fügte hinzu: »Das sage ich Euch, müßig auf der Scholle zu sitzen, vermag ich nicht.«

III. Heimkehr

Seit Beginn unserer Erzählung sind fünf Jahre verflossen, Jahre der Bedrückungen und Verwüstungen unseres deutschen Vaterlandes, fünf Jahre des schrecklichsten Völkerkrieges.

»Hollah, Ihr Welschen! Alles lassen wir uns nicht gefallen, fürnehmlich nicht ein Feuer auf dem kunstvoll zusammengesetzten Fußboden unserer Vorfahren! Den besten Ochsen aus unseren Ställen habt Ihr freilich herausgefunden. Bratet ihn in Gottes Namen auf unseren Höfen. Das Sträuben hilft ja nichts. Greuel und Erpressung sind wir leider gewohnt. Ihr achtet nichts und fragt den Teufel nach unserer gräflichen Herrschaft!« So wetterte in der großen Burghalle des Hauses Kesselstatt zu Trier der alte treue Hofmeister in eine Schar nachlässig gekleideter französischer Soldaten hinein.

»Was ist denn los, alter Freund? Warum ereifert Ihr Euch?«, klang es jugendfrisch und heiter in das Schelten hinein. Der Hofmeister fuhr überrascht herum und betrachtete eine Weile schweigend die stattliche schöne Kriegererscheinung, die, wie aus dem Boden gewachsen, vor ihm stand. Schlank und doch kräftig war der mit kostbarer Rüstung bedeckte Körper des Fremden, seinen Panzer zierte das Wappen der Kesselstatt. Das edle, von blauschwarzem, spanischem Bart umschattete Antlitz mit dem fröhlich kecken Ausdruck paßte vollkommen zu dieser Heldengestalt. Wie blitzend kühn, wie tatendurstig sahen die schwarzen Augen in die Welt! Freudig zuckte es in jähem Erkennen über des Alten Gesicht. »O, Du grundgütiger Heiland, mein erlauchter junger Herr! Euch hat der Himmel gesandt«, jubelte er außer sich vor Freude und reckte sich empor, um in überwallendem Glücksgefühl den Heimgekehrten zu umarmen.

»Wo ist mein Vater?«, fragte dieser nach den ersten stürmischen Begrüßungen. »Der Herr Graf streitet oben im Kuppelsaale mit den französischen Befehlshabern, die unrechtmäßiger Weise immer neue Kontributionen verlangen.« »Da werde ich sogleich ein Wörtlein dreinreden«, versicherte Dankmar von Kesselstatt feurig und flog die breite gewundene Stiege hinan. Dem würdigen Grafen Casimir von Kesselstatt erging es beim ersten Erblicken des kraftvollen Mannes ähnlich, wie seinem Kastellan. Er schaute fragend empor. »Grüß Gott, mein Vater! Daheim bin ich wieder«, rief Dankmar und vermochte in seiner Stimme die freudige Rührung nicht zu verbergen. Da breitete der stattliche Greis die Arme aus. Wortlos hielten Vater und Sohn sich umschlungen. »Dies ist mein von seinen Kriegsfahrten zurückgekehrter Erbe«, mit den Worten wandte der ältere Graf sich an die französischen Offiziere. »Ihr werdet einsehen, daß ich jetzt nicht länger über die leidigen Angelegenheiten, um derentwillen Ihr mich aufsuchtet, reden kann. Vertagen wir also unsere Auseinandersetzungen.«

Die Offiziere verbeugten sich und verließen auf den nicht miß zu verstehenden Wink den Saal.

»Endlich, endlich mein Dankmar!«, rief Graf Kesselstatt in glücklichem Ton und betrachtete, leuchtenden Auges, mit väterlichem Stolz die Heldengestalt seines edlen Sprosses. »Ich würde bei Deiner Heimkehr, wie der Vater des verlorenen Sohnes, das beste Mastkalb schlachten lassen, wenn die französischen Herren das nicht schon statt meiner besorgt hätten. Diese Welschen, so unser gnädiger Landesvater gütig genug war uns zum Schutze gegen die Schweden, wie er sagt, herbeizurufen, handeln gleich den schlimmsten Feinden. Freilich, er hat die Beschützer nötig im Kampfe mit den

Ständen und mit dem Domkapitel, um seinen Forderungen Nachdruck zu verleihen.«

»Ich bin empört!«, rief Dankmar heftig. »Wie konnte der Kurfürst solch´ unerhörten Verrat gegen sein eignes Land ausüben?« »Mehr Ruhe und Bedacht, mein Sohn! Die Jugend ist rasch mit dem Verurteilen. Wissen willst Du, wie er dazu kam? Nun, die Schuld liegt auf zwei Seiten.

Seine Forderungen und Ansprüche an die Stände, die Klöster und an das Domkapitel waren zwar streng, doch vielfach auch berechtigt. Es wäre bei weitem nicht so schlimm geworden, hätte man ihm in etwas nachgegeben. Die eiserne Härte und der schlimme Trotz wären alsdann bei dem kühnen Manne, der großen Geist und viel Energie bekundete und im Anfange seiner Regierung gar schöne großmütige Regungen zeigte, nicht zum Durchbruch gekommen, noch viel weniger genährt worden. Du weißt, harte Steine mahlen nicht gegeneinander. Dazu kommt noch, daß Philipp Christoph an dem kaiserlichen und spanischen Hofe sehr mißliebig ist, und daß er bei Seiner kaiserlichen Majestät niemals eine Stütze in seinen durchaus nicht ganz rechtlosen Forderungen den Ständen und Klöstern gegenüber fand. Das bestärkte das Land in seiner Widersetzlichkeit. Na, den Folgen dieser Reibereien bist Du vielleicht schon unten in der Vorhalle oder in unseren Höfen begegnet. Allzu fein fassen die französischen Schutzherren uns nicht an.« Seine Erlaucht zog ärgerlich lachend den noch völlig zum etwaigen Kampfe Gerüsteten neben sich auf die Lederbank. »Wie ist es möglich, daß wir, statt uns der Freude des Wiedersehens hinzugeben, über politische Zustände reden können!« »Ein Zeichen der Zeit, mein Vater«, erwiderte Dankmar ruhig. Er bog sich zurück und betrachtete ernst und aufmerksam die Züge des alten Grafen. »Ich freue mich, daß diese schlimme Herrscherin Zeit Eurem kraftvollen Äußeren noch nichts anzuhaben vermochte«, sagte er freudig.

Wahrlich, Graf Casimir von Kesselstatt sah in der enganliegenden spanischen Tracht mit dem kurzen zierlichen Faltenmäntelchen und dem spitz geschorenen greisen Barte über mächtiger steifer Halskrause noch recht mannhaft und lebenskräftig für seine zweiundsechzig Jahre drein. Er entgegnete lächelnd: »Bis jetzt habe ich mich freilich noch nicht ganz unterdrücken lassen. Aber ich danke Gott, daß Du da bist! Wie würde es in Zukunft auf unseren Burgen, Höfen und Ländereien zugehen, wenn nur e i n Herr danach schauen könnte! Deine flinke Kraft wird unsere Rechte, soviel das in unseren schlimmen Zeiten möglich ist, beschirmen.« Dankmar nickte verständnisvoll. »Pater Spee, der ja vor kurzem nach dem trierischen Jesuitenhause berufen wurde, schilderte mir in einem ausführlichen Schreiben die hiesigen Zustände.«

»Ah, so weiß ich auch, daß ich Deine überraschende Heimkehr nicht meinen wiederholten dringenden Bitten, sondern des Paters Vorstellungen zu danken habe«, rief Seine Erlaucht fast unmutig. Dankmar lächelte: »Nicht doch, mein Vater. Euer Ruf und des Paters lebhafte Schilderungen wirkten zusammen; wenngleich ich gestehen muß, daß seine packenden Darlegungen Euren Bitten nicht geringen Nachschub leisteten.« »Du kamst auf des Paters Drängen und nicht auf meine Bitten«, erklärte Graf Kesselstatt sehr bestimmt. »Liebster Vater, wenn ich Spees Rat befolgt hätte, so wäre ich schon vor Jahren zu Heim und Herd zurückgekehrt.« »Da mußtest Du aber der Werbetrommel des stolzen Friedländers, des Wallenstein, aufs neue folgen; und als dem Ehrgeizigen durch den Kaiser der Feldherrnstab entwunden war, mußtest Du dem Generalissimus[6] Tilly bei der Eroberung Magdeburgs helfen, um den hohen Rang eines Obristen davon zu tragen«, meinte Graf Casimir sarkastisch.

6 Oberbefehlshaber.

»Hierbei hatte ich mehr Glück, als Verdienst«, erklärte Dankmar errötend. »Als der Obrist meines Regimentes vor Magdeburg sterbend zu Boden sank, war keiner da, der die Leitung übernahm. Ich tat es, der Not gehorchend, und wurde vom Kaiser später in dieser Würde bestätigt. Jetzt sind Tilly, Wallenstein und Gustav Adolf durch den Tod von dem blutgetränkten Schauplatze ihres Wirkens abberufen. Für mich hat es heute wenig Verlockendes mehr, ohne erkennbaren Zweck mich an der großen Menschenschächterei zu beteiligen.«

»Und deshalb sieht, Gottlob, Dein Vater, das heimische Erzstift und unser gräfliches Besitztum Dich wieder«, solchermaßen machte Seine Erlaucht dem Kriegsbericht des Sohnes ein rasches Ende. Dann aber sprang er aus dem fast spöttischen Ton in den der liebevollsten Sorge um. »Wenn Deine vortreffliche Mutter noch lebte, mein Dankmar, so hättest Du längst die Rüstung abgelegt, Dir es auf dem Polster bequem gemacht und Stärkungen und Erfrischungen genommen.« »Dafür laßt mich nur sorgen; ich will schon zugreifen«, versicherte Dankmar lächelnd und nestelte an dem Harnisch, um sich davon zu befreien.

»Wie schön und stattlich er ist, und wie schlank und geschmeidig seine kraftvollen Glieder sind«, dachte Graf Casimir mit väterlichem Stolze, als er den Sohn im weichen, knapp anschließenden Lederkleide vor sich sah.

Der Koch, welcher gelegentlich auch die Dienste eines Mundschenks[7] und Kammerdieners erfüllte, hatte durch den Hofmeister von der Ankunft des jungen Herrn gehört. Er brachte unaufgefordert kräftigen Imbiß, zu dem Dankmar sich nicht nötigen ließ, und dem auch Graf Casimir umso lieber zusprach, als er nach seiner Versicherung teils aus Ärger über die Franzosen, teils aus Freude

7 Hofbediensteter, zuständig für die Versorgung mit Getränken.

über das Wiedersehen des Sohnes tüchtigen Appetit verspürte.

»Ich hätte Dir eigentlich die französischen Herren vorstellen sollen. Abgesehen von ihrer unrechtmäßigen Kriegsforderungen zeigen sie erfreulich feine Umgangsformen. Aber ich wollte mir die Freude über Deine Rückkehr nicht verkümmern lassen«, bemerkte Graf Casimir und fügte hinzu: »Du wirst die Leute freilich bald genug auch ohne meine Vermittlung kennen lernen; der Stadtkommandant Marquis Charles Lameth de Bussy hat ja sein Gouvernement in der Königsburg aufgeschlagen.«

»Was? In der Königsburg der Freiherren Zandt von Merl? Wie geht es diesen unseren Freunden?«

»Wie es denen geht? Nun genau ebenso gut, wie es irgendjemandem in diesen schlimmen Zeiten gut gehen kann: Das Haus voll Franzosen, den fortwährend in Anspruch genommenen Beutel leer, dazu Steuern und Brandschatzungen ohne Maß. Das Leben bietet unter solchen Umständen wenig Erfreuliches; dennoch aber rühmt sich mein alter Freund Hans, wie seine Hausfrau Mechthild, beneidenswerter Rüstigkeit und Frische.«

»Herr Freiherr Zandt von Merl«, meldete in diesem Augenblick ein Kammerdiener. »Willkommen, willkommen! Da haben wir ja den Wolf in der Fabel!«, lachte Graf Casimir dem Eintretenden entgegen. Man wußte nicht recht, ob die hohe hagere Gestalt im silbergestickten faltigen Samtkleide, welche jetzt eben auf der Schwelle erschien, den von langen grauen Locken umwallten Kopf so tief auf die Halskrause neigte zum Zweck der Begrüßung, oder ob der Freiherr nicht ganz ohne Berechtigung fürchtete, oben an der Türleiste anzustoßen. Jetzt lächelte er sauersüß und sagte mit so gewaltig dröhnender Baßstimme, daß man fast an die Posaunen des Jüngsten Gerichts erinnert wurde: »Mit dem eben von Dir genannten Raubtier glaube ich wenig Ähnlichkeit zu haben. Doch Du wolltest wohl nur bemerken, daß Du zu diesem fremden jungen Herrn von mir gesprochen hast?« Nun lachten die beiden Kesselstatte. »Schau Dir den fremden jungen Herrn doch an, alter Knabe«, ermunterte Graf Casimir. Dankmar aber rief: »Lieber Onkel Hans – ich nenne Euch noch immer Onkel, wie ich das als Knabe durfte – lieber Onkel, kennt Ihr mich nicht mehr?

»Alle guten Geister! Das ist ja, so wahr ich lebe, der Dankmar oder sein Gespenst. Gott grüß´ Dich, mein Sohn!« Hans von Zandt schüttelte dem Angeredeten die Rechte so derb, daß sie schmerzte. »Wollte, mein Junge, der Werner, wäre ebenso heil von seinen Kriegsfahrten zurückgekehrt.«

Seine Erlaucht ließ vor allen Dingen einige Krüge des ältesten und besten Brauneberger[8] aus dem Keller heraufholen. Nachdem die Pokale zum fröhlichen Willkommen aneinander geklungen hatten, fragte Herr von Zandt: »Was habt Ihr denn von mir gesprochen?« »Wir waren in dem Thema noch nicht so weit gelangt, als ich es wünschte. Ich erkundigte mich nach Euer Familie Wohl, und mein Vater hatte mir erst über Euer Befinden und das Eurer verehrten Hausfrau Bescheid gegeben, ich wollte aber noch mehr wissen«, erklärte der junge Graf. »Habt Dank für die Teilnahme. Mein Ludwig wurde eben zum Domherrn ernannt, in deren Kapitel er nun als Jüngster sitzen wird; das zu vermelden bin ich gekommen«, sprach Herr Zandt von Merl. »Ei, so wünschen wir Glück von ganzem Herzen!«

»Danke! Glück ist hier freilich von Nöten, denn solche Würde ist in diesen schlimmen Zeiten mit noch größerer Last und Verantwortlichkeit verbunden, als jemals sonst. Was nun meinen zweiten Sohn, den Werner, anbetrifft, so weiß ich weiter nichts von ihm, als daß er, wie ich schon andeutete, sich irgendwo im Deutschen Reich mit den Schweden herumhaut.«

---

8 Weinsorte von der Mosel.

»Nun, wir dürfen hoffen, daß er gleich mir die Heimat wiederfindet«, tröstete Dankmar, um lebhaft die Frage hinzuzufügen: »Wie aber geht es meiner lieben Jugendgespielin, der sanften blonden Margarethe? Sie war eben ein schönes sinniges Jungfräulein geworden, als ich das Erzstift verließ.«

»Margarethe«, ein warmer freudiger Strahl leuchtete aus des Freiherrn Auge, »meine Margarethe hat seit Jahren schon ihr Glück im Kloster Marienburg gefunden, sie folgte da selbst ihrer Tante Amelia als Äbtissin.«

»Unerhört! Die jugendfrohe Maid weilt im Kloster und ward schon mit hoher Würde bekleidet? Ich kann´s nicht fassen, nicht fassen!«, flüsterte Dankmar und beschattete mit der Hand die Augen.

»Für Leben und fröhliches Getriebe im Hause, soweit das in diesen Zeiten möglich ist, sorgt nun meine Jutta. Sie ist im Äußern das Ebenbild Margarethens; nur sagt man, daß sie schöner sei«, berichtete der Freiherr nicht ohne väterlichen Stolz.

»Was sagt Ihr, die kleine Jutta wäre ein erwachsenes Fräulein?«, rief Dankmar verwundert.

»So ist es«, bestätigte nun auch Graf Casimir lächelnd. »Näheres über sie hätte Dir der französische Stadtkommandant, Marquis de Bussy, der uns eben verließ, gern berichtet. Ihm geht es nicht anders, als allen unseren trierischen jungen Herren, er schwärmt womöglich in noch glühenderer Begeisterung für die schöne Jutta, als das schon offenkundig unser Freiherr von Merode, der brave Kunz Umbscheiden von Ehrenkron, der Wittgenstein, kurz unser ganzer heimischer junger Adel tut.«

»Da wird man unter so bewandten Dingen schon bald zum Schwiegersohn Glück wünschen dürfen«, meinte Dankmar. Herr von Zandt machte eine abwehrende Handbewegung. »Wollte, es wäre so«, entgegnete er seufzend. »Das Jungfräulein ist gar spröde. Bis heute war der noch nicht da, den sie zum Ehemann nähme.«

»Getrost, der Rechte wird schon kommen«, versetzte Graf Casimir mit einem kaum falsch zu deutenden Augenzwinkern nach seinem Sohne hin. Dieser bemerkte rasch ablenkend: »Da lief in der Königsburg auch noch ein ganz kleines schwarzbraunes Mägdlein umher, ich glaube, Isa rief man sie?«

»Isengard, ganz recht!«, lachte Zandt. »Sie mag jetzt in dem Alter sein, wie Margarethe, als Du weggingst. Schwarzbraun ist meine Jüngste noch immer, aber von Kleinheit keine Spur mehr bei ihr; sie wird mir hingegen fast zu lang. Isengard treibt allerlei Gelehrsamkeit, studiert Latein und Griechisch, denn sie will ins Kloster gehen, wie Margarethe. Ich denke, daß sie bei ihrem regen Geist dermalen meiner Schwester Agnes hier in St. Irminen als Äbtissin folgen soll.«

»So hat das junge Edelfräulein für seine Jahre schon ein großmäßig ernstes und gediegenes Wesen?«, fragte Dankmar. Da lachte der graulockige Riese, daß die Wände bebten: »Genau ein so ernstes und gediegenes Wesen, wie ein mutwilliges Fohlen, das zum ersten Male auf die Weide kommt. Die zukünftige Äbtissin weiß vor Übermut sich kaum zu fassen. Kein Tag vergeht, ohne daß das Kind noch lustige, tolle Streiche verübt. Ich störe sie darin nur, wenn ich gerade muß, denn Jugend will austoben. Im Kloster mag sie später ernst genug werden. – Nun von was anderem! Rechenschaft über unsere ganze Familie habe ich Dir gegeben; die Reihe ist an Dir, von Deinen Kriegserlebnissen zu erzählen.« Dazu ließ der junge Ritter sich nicht nötigen. Graf Casimir füllte die Pokale aufs Neue mit köstlichem Moselgold, und Dankmar kam der Aufforderung nach.

Stunde um Stunde verrann, während er lebhaft berichtete. Nicht allein die Augen des Erzählers blitzten, auch die der beiden im Waffenhandwerk wohlerfahrenen alten Herren funkelten in erhöhtem Feuer, als die wechselnden Kriegsereignisse, die Schlachten, die Belagerungen sich farbenfrisch vor ihrem Geiste entrollten. Als der junge Obrist geendet, rief Zandt von Merl: »So will ich mit Deinem Vater ein Tedeum singen, daß Du heil zu uns zurückkehrtest! Wackere Kriegsleute können wir hier besser gebrauchen, als irgendwo im Deutschen Reiche. Deine Arbeit wirst Du finden.« Graf Casimir fügte hinzu: »Wenn Du, wie ich Dich kenne, nicht ausruhen willst, so magst Du morgen gleich damit beginnen, auf unseren Besitzungen Umschau zu halten. Ehe man sich´s versieht, haben die Franzosen uns hier eine Stallung mit Mastvieh weggetrieben, da einen Keller ausgeraubt und dort die Scheune geplündert.«

»Nun aber bin ich da und werde den Welschen die räuberischen Späße verderben, das Wiederkommen soll denen gründlich verleidet werden!«, rief Dankmar. »Morgen beginne ich mit meinen Streifzügen. Wenn Ihr nichts dagegen habt, Herr Onkel, so sehe ich nebenbei auch auf Euren Gütern, an denen ich vorüberreite, nach dem Rechten.« »Das wird Dir Gott vergelten, mein Junge«, versicherte der Freiherr in dröhnendem Brustton. »Die Schlüssel zu allem, was mein ist, soll unser alter Wilhelm Dir heute noch bringen.«

»Die Schlüssel, Onkel Hans, die Schlüssel zu allen Euren Türen und Toren habe ich ja noch!«, rief der junge Graf lachend. »Die liegen oben wohl verschlossen und einzeln bezeichnet im Schrein meiner Kammer, welche ich freilich seit meiner Kriegsfahrt nicht wiedergesehen habe. Ihr gabt mir die Schlüssel, weil Ihr mich gleich den Söhnen Eures Hauses behandelt und angesehen habt. Möge mein Verhältnis zu Eurer Familie dasselbe geblieben sein!«

»Wie es war, so ist es auch heute, und so soll es bleiben«, versetzte Hans Zandt von Merl.

Die Männer schüttelten sich derb die Hände, dann trennten sie sich in vorgerückter Abendstunde.

IV. Vorfrühling

Es mutete den jungen Kriegsfahrer ganz eigen traulich an, als er am Morgen im altertümlichen Himmelbette erwachte, welches so breit war, daß sechs Menschen mit Bequemlichkeit nebeneinander Platz gefunden hätten, und so hoch, daß einige Stufen zum Lager hinaufführen mußten. Erst glaubte er zu träumen, dann schlug er mit rascher Handbewegung die dunklen gewirkten Vorhänge zurück und erkannte mit Entzücken das hohe Gemach wieder, das er als Knabe schon sein Eigen genannt hatte.

O Heimat, o Vaterhaus, welche geheimnisvolle Macht verbindet uns mit euch! Wie heiligt die Erinnerung jede Stelle, die uns als Spielplatz in der Kindheit gedient hat! Dankmar feierte Wiedersehen mit den kostbaren alten Schreinen, Spinden und Truhen und dem Waschtische mit dem blau-grauen Steingutgerät. Den Fratzen der kunstvoll geschnitzten Holzdecke nickte er heiter und vertraulich zu. Von den bis zu halber Höhe mit Holz getäfelten Wänden grüßten ernst die Ahnen im Schmucke früherer Jahrhunderte. Sie mahnten an die Pflicht. Rasch sprang Dankmar empor. Sein Fuß berührte nicht den aus glasierten Ziegelsteinen zusammengesetzten Boden; ein von der längst verstorbenen Mutter selbst gewebter Teppich breitete sich vor dem Himmelbette aus. Angekleidet trat er ans Fenster.

Vor seinen Augen erhob sich eine der schönsten Kirchen diesseits der Alpen, ein herrliches Denkmal gotischer Baukunst: Sankt Liebfrauen.

Begeistert, als ob er sie zum ersten Mal erschaute, schweifte Dankmars Blick an den wundervollen himmelanstrebenden Formen empor. Ein helles Glöcklein lud zur Frühmesse ein. Wie gerne folgte der Heimgekehrte dem lang nicht mehr gehörten Rufe!

Bald trat er durch das mit Skulpturen geschmückte Portal in das von zwölf schlank aufstrebenden Pfeilern getragene Innere des Gotteshauses. Überlebensgroße Bilder seiner ergreifenden Schönheit und die Fenstergemälde in farbiger Pracht stimmten wohl jegliches Gemüt zur Andacht. Welche frommen Erinnerungen, welche heiligen Gefühle aber stürmten in dieser Kirche, wo selbst er die Taufe empfangen hatte, auf Dankmar ein! Hier hatte er in zarter Kindheit gelernt, zu Gott zu reden; hier war er zum ersten Mal zum Tisch des Herrn getreten; hier war ja auch die letzte Ruhestätte seiner Ahnen. Am Grabe der Vorfahren hatte er, als er zum Kriege für Kaiser und Reich auszog, gelobt, immer das Gute zu wollen, Wahrheit und Recht zu schirmen mit Wort und Schwert. Den Schwur hatte er redlich gehalten; sein Tun war stets von edelster Absicht beseelt gewesen. So durfte der jüngste Sproß des Hauses Kesselstatt, der Ahnen würdig, mit erhobenem Haupte vor deren Gruft hintreten, um sich hier neuen Mut zu allen Widerwärtigkeiten des Lebens zu erflehen.

Als er endlich glühend vor Begeisterung und ehrlicher Tatenlust Sankt Liebfrauen verließ, gedachte er mit dankbarer Liebe des Vaters Spee, der ihn in der Fremde vor manchem übereilten Schritte bewahrt und in allen Bedrängnissen ein treuer Freund und Ratgeber gewesen war.

Am liebsten wäre er sogleich durch die Jesuitengasse nach dem Kollegium der heiligen Dreifaltigkeit geeilt, denn wie mit unsichtbarer Gewalt zog es ihn zu dem edlen Manne hin. In Anbetracht dessen aber, daß die Väter der Gesellschaft Jesu ihre Morgenstunden eifriger Geistesarbeit weihten, verschob er den Besuch. In der Burg Kesselstatt kam Seine Erlaucht dem Sohne aufgeregt entgegen. »Gut, daß Du da bist!«, rief Graf Casimir. »Der Andreas von Dodenburg kam eben mit der Botschaft, daß die Franzosen wieder unser Schloß heimlich um lungern. Vor einigen Tagen hat das Raubgesindel uns daselbst die Ställe leer gemacht, jetzt wird es wohl ein Auge auf die Keller geworfen haben. Was das Schlimmste ist, der brave Andreas meint, der Verwalter sei von den Franzosen bestochen und mache Gemeinschaft mit den Räubern.« »Ich reite sofort hinüber«, erklärte Dankmar mit rascher Entschlossenheit. »Doch eine Frage, mein Vater: Welches Recht glauben die Franzosen zu ihrer Handlung zu haben, da sie doch nicht als Feinde, sondern als Schutzherren von Philipp Christoph hierher berufen wurden?«

Graf Casimir lachte bitter: »Ein Kind der heutigen Zeit fragt nach dem Recht! Unser allergnädigster Kurfürst bedient sich fortwährend der französischen Besatzung zur schleunigsten Eintreibung der unerschwinglichen Steuern. Unsere Grafschaft konnte bisher zu meiner eigenen Verwunderung immer noch den Forderungen Philipp Christophs genügen. Die französischen Völker sind aber das Brandschatzen[9] gewohnt, sie fragen nicht danach, wen sie plündern; so geraten sie auch auf unsere Güter. Philipp Christoph wohnt in seinem neu erbauten Schloße unter dem Ehrenbreitstein; aber was würde es uns helfen, wenn er in seiner alten Hauptstadt Trier verweilte. Unser Klagen fruchtete nicht, denn die Franzosen, von deren allerchristlichstem König er Beistand hoffte, sind ihm selber über den Kopf gewachsen.«

»Warum wendet Ihr Euch mit den Beschwerden nicht an den französischen Stadtkommandanten der Bussy? Ein Edelmann kann doch kein Unrecht wollen.«

Graf Casimir zuckte die Achseln: »Es geht dem Marquis wie den Nürnbergern, die keinen hangen, ehe sie ihn haben. Von Ordnung ist ja keine Spur unter diesen

9 Durch Drohung, einen Brand zu legen, Abgaben erpressen.

Scharen. Wenn aber einer beim Rauben gefaßt wird, so verrät er die anderen nicht.« »Nun, so braucht sich keiner zu wundern, wenn wir unser Eigentum mit Waffengewalt schützen und uns wehren, so gut wir es können«, erklärte Dankmar. Er befahl, sein Pferd zu satteln, rief die Reitknechte, die ihm schon im Kriege gedient hatten, rüstete sich mit eisernem Ringkragen und Schwert, dann setzte er den blanken Helm mit wallendem Federschmuck auf. So ritt er eine Weile später, von den mit langen Feuerröhren bewaffneten Knechten begleitet, an dem uralten Dome vorüber auf den von hochgiebeligen Gebäuden begrenzten, vom Turm der Sankt Gangolphskirche überragten Markt. Nun wandte er sich nach rechts, dem gewaltigen aus der Römerfestung, der Porta Nigra, zur Sankt Simeonskirche umgewandelten Bauwerk zu. Es kam dem jungen Grafen, dem Sohne der Stadt, fast komisch vor, als er am stark bewachten Simeonstore den französischen Söldnern seinen Paß vorzeigen mußte, ehe sie ihn durchließen.

Ein heiteres Landschaftsbild breitete sich im ersten Frühlingssonnenschein vor Dankmars entzücktem Auge aus. Nie hatte er die liebliche Schönheit der hier so weiten, von freundlichen roten Sandsteinfelsen umrahmten Moseltales so freudig empfunden, als jetzt, da er nach langen Jahren der Trennung das Heimatland wieder begrüßte. Grün umbuscht waren die roten Felsen jenseits des blinkenden Stromes noch nicht, alles in der Natur war erst im Werden begriffen; doch umschwebte die noch kahlen Bäume und Sträucher ringsum schon jener gewisse grün-goldene Schimmer, welcher von den schwellenden Knospen ausgeht und mehr geheimnisvollen, ahnenden Reiz in sich schließt, als alle Pracht der voll entwickelten Blätter und Blüten. Mit Wonne gab Dankmar sich den frischen Eindrücken der schönen wechselvollen Umgebung hin. Er wollte sich den herrlichen Morgen nicht trüben lassen durch den Gedanken an das furchtbare Verhängnis, welches über dieser dem Lenze entgegenknospenden holden Landschaft schwebte. Wozu auch? Er war ein lachender Philosoph und suchte, gleich allen tatenlustigen, ihrer Kraft bewußten Menschen in jeglichen Wechselfällen des Lebens die heitere Seite hervor. Ein Glück schon war es, die frische, reine Frühlingsluft zu atmen und mit dem Vogel um die Wette über das duftende Erdreich dahinzustürmen!

An der Schweicher Fähre ließ Graf Dankmar mit seinem Gefolge sich vermittelst der großen »Ponte« über die schillernde Mosel setzen. Es war so still ringsum, die goldenen Stromeswellen nur plätscherten und sangen, während das Fahrzeug über die Wogen glitt. Die Wellen des heimischen Stromes grüßten, sie rauschten und flüsterten ein helltönendes Lied voll froher Verheißungen. Ja, wie das Vorgefühl eines nahen unaussprechlichen Glückes kam es über den Heimgekehrten. Mit den Lerchen hätte er in dieser Frühlingsherrlichkeit gen Himmel fliegen und gleich ihnen aus voller Brust ein Lied in die Lüfte hinausjubeln mögen. Selbst sein Goldfuchs schien von erhöhter Lebensfreude beseelt, Roß und Reiter flogen am jenseitigen Ufer mit Windeseile über die Lenzesfluren dahin, so daß die Diener nicht zu folgen vermochten.

Dankmar langte eben an einer Biegung an, wo sein Reitweg sich mit der ebenfalls von Trier kommenden Heerstraße des linken Stromufers vereinigte. Da vernahm er leichten Hufschlag. Seine Hand tastete gewohntermaßen unwillkürlich nach dem Schwerte; rasch aber ließ er sie sinken, und der kräftig entschlossene Ausdruck seines männlich schönen Gesichts verwandelte sich in den, glühender Bewunderung. Träumte er, was er sah, erlebte er ein Märchen, oder erschien ihm das wirklich?

Auf milchweißem Rosse, das so leicht daher sprengte, als berühre es mit den Hufen kaum die Erde, erschien vom Sonnengold umstrahlt eine Frauengestalt von bezaubernder Schönheit. Ein himmelblaues silberdurchwirktes Gewand umfloß die edelschlanken Formen der hohen majestätischen Gestalt. Ein runder Hut mit wallender weißer Straußenfeder krönte das feingeformte Haupt der Reiterin. Aschblondes Haar umrahmte in Fülle das regelmäßig geschnittene, nur leise gerötete Antlitz, es flatterte im Winde und senkte sich in üppigen Wellen bis auf den brillanten geschmückten Gürtel hinab.

Mit einem Flüsterwort hatte Graf Kesselstatt den Goldfuchs zum plötzlichen Stehen gebracht und hielt nun wie eine Bildsäule am Scheidewege. Unverwandt schaute er nach der Reiterin. Warum nur erschauerte er? Warum nur drängte sich bebend ein Wort ihm auf die Lippen: »Margarethe!« Die Reiterin wendete den feinen Kopf und sah ihn voll mit so wunderbaren tiefen Augen an, daß er sein Herz stärker pochen fühlte. Es waren blaue Augensterne, die aufleuchteten voll feuriger Glut und dabei doch wieder sanft und mild unter tiefschwarzen Brauen blickten, Augen, die sehnsüchtig flehten und dann siegesgewiß erglänzten. Dankmar fühlte sich bewegt, wie nie zuvor. Fassungslos starrte er der Erscheinung nach, lange Zeit. Er sah nicht den kleinen Dienertroß, der ihr folgt, und der ihn lächelnd betrachtete. Wie aus tiefem Traume erwachte er endlich, schaute befremdet umher und strich mit der Hand über die Stirn. Die Lerchen sangen über ihm. Der blaue Himmel lachte droben genauso, wie es war, ehe er sie erblickte. Nein, nein, es war kein Traum, dort über dem Buschwerk wehten noch einmal die weißen Federn, flatterten ein Zipfel des blauen Gewandes, die herrliche Jungfrau mit den wundersamen Blauaugen war ihm wirklich erschienen.

Wieder griff er sich an die Stirn. Warum nur mußte er bei ihrem heißen, verzehrenden Blick an die milde Margarethe, an das Ideal seiner Jugendträume denken, an die

Gespielin, um die er werben wollte, und die ihm nun entrückt war? Unwillkürlich dachte er, wie der Volksmund sich erzählt, daß die Hexen und Zauberinnen, um Männer anzulocken, die Gestalt der verlorenen Geliebten annehmen. Fast ohne es zu wissen, summte er ein volkstümliches Lied: »Das ist die Zauberei.« Gleich darauf aber lachte er laut. »Vater Spee, Vater Spee, wenn Ihr Euren Schüler gehört hättet! Mir geht ein Licht auf: Wer anders könnte die schöne Zauberin gewesen sein, als Jutta von Zandt, die Schwester Margarethens! Ein Hofgut derer von Zandt liegt ja hier fast an der Heerstraße. Laß sehen! Richtig, da biegt das Fräulein samt seinem Gefolge in den Feldweg ein, und dort über der Mauer zeigen sich auch schon die Giebel und Türmchen des altvertrauten Edelhofes, wovon ich ja die Schlüssel in der Tasche trage. Ihr nach, ihr nach!« Ein toller Übermut bemächtigte sich seiner.

Was ist das? Die junge Herrentochter scheint keinen Einlaß zu finden.

Noch immer hält sie mit dem ungeduldig scharrenden Rosse, mit dem

Gefolge vor der Hofmauer; und je näher Dankmar kommt, je deutlicher vernimmt er das rastlose Pochen des eisernen Türklopfers. Vergebens, alles scheint wie ausgestorben. Niemand öffnet. Graf Kesselstatt lachte: »Da komme ich ja wie gerufen.« Er gab dem Goldfuchs die Sporen und verneigte sich im nächsten Augenblicke schon ritterlich vor der Dame: »Ich bemerke, mein edles Fräulein, daß die Tore Eurer väterlichen Besitzung sich Euch hartnäckig verschlossen zeigen. Gestattet Ihr, daß ich öffne?« Ein stahlharter, hoheitsvoller Blick der Angeredeten glitt an dem jungen Ritter nieder. Sie tummelte gewandt ihr Roß, winkte den Dienern und wendete sich ohne Antwort dem Heimwege zu. »Ihr wollt nicht eintreten? Nun, so schaue ich allein nach dem Rechten«, rief Kesselstatt halb belustigt, halb geärgert, und steckte den Schlüssel ein.

Solche Kühnheit schien dem Fräulein doch zu arg. »Was unterfangt Ihr Euch! Wie kommt Ihr zu dem Schlüssel?«, herrschte sie über die Schulter den Unternehmungslustigen an. Der stattliche Reitersmann verbeugte sich lächelnd: »Euer eigener Vater gab ihn mir.« Des Fräuleins Blick, welcher eben noch so zornsprühend den kühnen Eindringling gemessen hatte, wandelte sich wie mit einem Zauberschlag zu sanfter Güte. Blitzschnell wandte das weiße Roß sich und drängte zu dem Goldfuchs hin. »So seid Ihr kein anderer, als Dankmar von Kesselstatt. Willkommen, o willkommen!« Das schöne Mädchen beugte sich vor und streckte dem Obristen beide Hände entgegen. Der umschloß sie mit mildem Drucke: »Und Ihr seid die kleine Jutta. Ich hätte Euch nicht wiedererkannt.«

»Das glaube ich«, lachte das Fräulein, und eine Reihe blitzender Perlenzähne kam zum Vorschein. »Doch ich weiß nun, weshalb ich nach dem Ritter, der am Kreuzwege hielt, immerfort hinschauen und mich fragen mußte, wann und wo ich ihm begegnet wäre. Herr Graf, Ihr seid mein Gast«, fügte sie mit einladender Handbewegung nach dem nunmehr geöffneten Tore hinzu. »Wenn der Herr Verwalter nicht gerade am Platze, und das Ingesinde[10] sorglos genug ist, den Hof ohne Aufsicht zu lassen, so vermag ich dennoch Euch einen Labetrunk und einen kleinen Imbiß zu bieten.«

Es war dem Kriegsmanne nicht möglich, dem bittenden Ausdruck dieser Augen zu widerstehen. Er verbeugte sich willenlos, ja, er winkte den in der Ferne sich zeigenden Knechten, ihm zu folgen. Jutta aber führte ihn in ein durch weiche farbige Fenstergemälde nur dämmernd erhelltes Gemach. Prachtvolle Gobelins mit Schäferspielen bekleideten die Wände, mattgrünes, dem weichen

10 Die zu häuslicher Arbeit verpflichtenden Dienstboten eines Grundherrn.

Moose vergleichbares Gewebe bedeckte den Fußboden, schwellende Polster luden überall zum Sitzen ein.

»Das ist mein eigenes kleines Reich«, erklärte Jutta. »Ein kleines Paradies, welches Eurem Geschmacke alle Ehre macht«, versetzte Dankmar bewundernd.

Im nächsten Augenblicke schon verbreitete das rötliche Feuer des Kamins magischen Schimmer über alle Gegenstände des behaglichen Gemaches. »Wenn auch draußen die Buchfinken schon fröhlich ihr Liedchen singen, so vermögen die Flammen des Kamins uns doch den Aufenthalt im Heim noch traulicher zu machen«, äußerte Jutta mit melodischer Stimme. Dankmar konnte nicht umhin, beizupflichten. Er fand, daß die zuckenden roten Lichter, welche über die bunten Gobelins tanzten und über die königliche Gestalt der jungen Schönen huschten, einen bestrickenden Zauber ausübten. Lautlos brachte ein wohlgeschulter Diener Wein und Früchte herein und verschwand dann wieder mit unhörbaren Schritten. Nun glaubte Graf Kesselstatt, in seinem Leben nichts Reizenderes und Anmutsvolleres gesehen zu haben, als die Art, wie die junge Dame ihn bediente, wie sie alles so zierlich und sicher angriff und dabei in der liebenswürdigsten Weise zu ihm sprach. Wie gebannt hing sein Auge an ihr; er wurde nicht müde, ihrem heiteren Geplauder zu lauschen. Frisch und ergötzlich schilderte sie die Erinnerungen aus der Kinderzeit, und wie sie immer ungeheure Ehrfurcht vor Herrn Dankmar von Kesselstatt empfunden, der ihr als das Urbild der Ritterlichkeit geschienen habe. Der junge Graf gestand sich innerlich, daß er damals die kleine Jutta wenig beachtet hatte. Mit desto größerer Begeisterung schaute er nun zu dem herrlichen Wesen auf. O, er hätte stundenlang sie anschauen und dem Wohllaut ihrer Stimme lauschen mögen. Er wußte nicht, wie ihm geschah. Er atmete tief im Gefühle unaussprechlicher stiller Seligkeit.

»Ihr seid so stumm, Graf Kesselstatt«, unterbrach sie plötzlich ihr munteres Erzählen. »O, ich bin unbeschreiblich glücklich«, entgegnete er mit warmer tiefklingender Stimme. »Und das macht Euch stumm?«, fragte sie lächelnd. »Ich möchte so gerne von Euren Kriegsabenteuern hören. Berichtet mir doch, wie es Euch auf Euren Fahrten erging«, bat sie schmeichelnd.

Ja, gerne hätte er ihren Wunsch erfüllt, doch es geschah ihm Unerhörtes: der kecke Kriegsmann fand zu seiner eigenen Verwunderung, daß er diesen glänzenden, forschend auf ihn gerichteten Frauenaugen gegenüber so zerstreut und verwirrt war, daß er kaum zusammenhängende Sätze bilden konnte. Nun wurde es ihm schwül. Er kam sich vor wie der verzauberte Prinz im Märchen. Die Volkssage vom Ritter Tannhäuser, der von Frau Venus viele Jahre lang im Inneren des Hörselberges zurückgehalten und all seiner Tatkraft beraubt wurde, flog ihm unwillkürlich durch den Sinn. Zugleich erinnerte er sich wieder seiner Sendung nach Schloß Dodenburg. Fast ungestüm sprang er auf. »Wie danke ich Euch, mein edles Fräulein, für diese schöne beglückende Stunde, für Eure Liebenswürdigkeit und Gastfreundschaft!«, stammelte er. Ein Schatten glitt über Jutta´s Züge. »Ihr wollt schon fort?« rief sie bestürzt. »Es wäre eine Wonne für mich, noch länger Eure Nähe genießen zu dürfen; doch ich muß fort, wenn anders ich das Vorhaben, zu dem ich ausritt, vollführen will«, gab er offen zur Antwort. »Nun, so zieht Eures Pfades, wenn Euch das Raufen mit den Franzosen so lieb ist«, versetzte sie halb lachend, halb schmollend.

Er zog feurig die ihm dargebotene feine weiße Hand an seine Lippen und versprach, so bald wie möglich in der Königsburg seine Aufwartung zu machen. So ritt er davon. Die Gedanken aber blieben zurück. Es war ihm unmöglich, seine Sinne auf das kriegerische Abenteuer zu lenken, dem er entgegeneilte.

Dunkel nur vermochte Graf Dankmar von Kesselstatt sich später zu erinnern, daß er mit seinen Knechten und einigen auf Schloß Dodenburg bediensteten Jägern sich zum Schuße bereit auf die Lauer gelegt, und daß sie durch das überraschende Losknallen der Musketen, wobei sie geflissentlich niemanden verwundeten, einem Trupp heranschleichender Franzosen solche Furcht einflößten, daß diese schleunigst Reißaus nahmen und fürs Erste wohl auch die Lust zum Wiederkommen verloren hatten. Bei der Sache war er nicht gewesen, denn seine ganze Seele war von einem holden Bilde erfüllt. Seine Erlaucht konnte sich am späten Abende nicht genug darüber wundern, daß er seinem für das Kriegshandwerk begeisterten tatkräftigen Sproß nur auf Befragen einen überaus zerstreuten und wenig zusammenhängenden Bericht über das kleine Scharmützel auf Dodenburg zu entlocken vermochte. Sein Staunen wuchs, als dieser so ganz nebenbei, als ob das eine Sache von untergeordneter Bedeutung sei, erwähnte, daß er den langjährigen Verwalter wegen erwiesener Treulosigkeit entlassen und den Andreas an dessen Stelle gesetzt habe. So eigentümlich und geistesabwesend hatte er Dankmar nie gesehen. Was mochte dem Stammhalter begegnet sein?

Von den Unholden oder von den Hexen.

V. Im Dreifaltigkeitskollegium

Seit mehreren Monaten schon weilte Friedrich von Spee wiederum im alten Trier, wo er den Weg des Kreuzes im Ordensstande betreten hatte. Aber nicht mehr das Novizen- oder Probehaus, sondern das Dreifaltigkeitskollegium der Väter zwischen der Brod- und Weberbachstraße hatte ihn aufgenommen. Die Tätigkeit der Jesuitenväter erstreckte sich auf viele Gebiete: Sie besetzten als Professoren der Theologie und Philosophie die Lehrstühle der trierischen Universität und beeinflußten mächtig die wissenschaftliche Richtung dieser Hochschule. Ausschließlich erteilten sie, und zwar mit großem Erfolg, den Unterricht an allen Klassen des Gymnasiums. Nicht minder segensreich war ihre aufopfernde Wirksamkeit auf der Kanzel, im Beichtstuhle, am Krankenbette. Ja, es gab kaum eine Gelegenheit zur Seelsorge, wobei die Jesuiten nicht belehrend und bessernd tätig waren. Daneben fanden sie noch Zeit und Kräfte, um eine Sonntagsschule für Handwerker ins Leben zu rufen; dort unterrichteten sie die Leute im Lesen, Schreiben und anderen für ihre Geschäfte nützlichen Kenntnissen. Auch Spee war trotz seiner schwankenden Gesundheit – eine Folge der ausgestandenen Leiden – immerfort tätig im Unterricht, wie in der Seelsorge. So eifrig und so voll glühender Liebe widmete er sich seinem priesterlichen Berufe, der ihm nach den vorhergegangenen übermenschlichen Anstrengungen eine so angenehme Erholung brachte, daß sein Rektor, der ehrwürdige Pater Panhauß, ihm unfreiwillige Muße befahl.

»Ich wünsche, Deine Kraft dem Orden zu erhalten, mein Sohn«, sagte er bestimmt und fügte hinzu: »Deine Arbeit, ›Das güldene Tugendbuch‹, ein Spiegel Deines seeleneifrigen, liebeglühenden Gemütes, soll bei vielen Christen merklichen Nutzen schaffen und viele zur innigsten Gottesliebe entfachen. Darum vollende in aller Ruhe eine weitere Handschrift des ›güldenen Tugendbuches‹. Deine frische anmutende Unterweisung über die drei göttlichen Tugenden: Glaube, Hoffnung und Liebe, soll in aller Hände gelangen; denn Deine Sprache versteht der Gebildete wie der Ungebildete.«

Als es ihm gelungen war, den übereifrigen Ordensmann auf seine Zelle zu bannen, äußerte der Rektor, unter Tränen lächelnd, zu den anderen Vätern gewandt: »Die alten deutschen Meister pflegten ihre Bilder auf Goldgrund auszuführen, damit sie sich in ihrer ganzen Reinheit abheben und den Blick der frommen Beschauer also entgegentreten könnten. Statt aller Staffage[11] legten sie einen Teppich der schönsten Frühlingsblüten unter die Füße der Heiligen, als Sinnbild ihrer Tugenden. Das Bild unseres lieben Vaters Spee hebt sich gleichfalls von einem solchen Goldgrunde mit lichter Klarheit ab – dem Goldgrunde der Liebe. Auch die Blüten fehlen nicht, sie grünen und sprießen in seinem Herzen als Blumen der Liebe und Andacht, sie hauchen ihren Duft in Liedern aus, die trotz den Tönen der Nachtigall in wunderlieblichen Weisen zum Lobe des Allerhöchsten erklingen.« Als Dankmar von Kesselstatt am folgenden Tage sich von dem Pförtner des Jesuitenhauses zu dem Sprechzimmer geleiten ließ, wo er Vater Spee erwarten wollte, trat ein hoher, ehrfurchtgebietender Greis ihm in den Weg. »Das ist der Vater Rektor«, flüsterte der Pförtner. Der Graf säumte nicht, sich vorzustellen und den Freund zu nennen, den er aufsuchen wollte. »Ah, Herr Graf, es freut mich, daß ich selber Euch zur stillen Zelle unseres lieben Dichters hin geleiten darf. Ihr sollt ihn mitten im Schaffen treffen.« Ein freundlicher Wink verabschiedete den

11 Scheinwahrende Aufmachung.

Pförtner. »Ja, das ist ein Genie, Gott möge ihn uns erhalten!«, führte der Rektor aus, als sie miteinander durch die langen gewundenen Gänge des Konventes schritten. »Man weiß nicht, ob man mehr seine Kenntnisse bewundern soll, oder mehr die Gewandtheit, mit welcher er die schwierigsten Wahrheiten in einer einfachen und dem kindlichsten Gemüt verständlichen Weise zu behandeln versteht. Mit frischer schöpferischer Tatkraft griff er in eine schlaffe, alternde, zerrüttete Welt ein und hebt mit seinem Zauberstabe Ungeahntes, um es den Menschen in Poesie zu offenbaren. Er schafft so farbenreiche, erhabene und doch duftende, kindliche Lieder, daß ich, wenn ein Vergleich mit den Dichtern unserer Zeit erlaubt ist, ihn die wilde Rose inmitten eines Ziergartens voll zugestutzter Hecken und holländischer Zwiebelgewächse nennen, oder als ein freies Waldvögelein unter den eingefangenen und abgerichteten Sängern bezeichnen möchte. Wir sind am Ziele.« Damit öffnete er dem jungen Grafen eine Türe, ließ ihn eintreten und zog sich mit stummem Gruße zurück.

Friedrich von Spee saß am hohen, dem Garten zugekehrten Fenster und malte mit kunstgeübter Hand Initialen auf Pergament, als Kesselstatt leise in die Zelle kam. Des Vaters edles Profil zeichnete sich scharf vom lichten Hintergrunde ab; ein solcher Hauch von geistiger Verklärung lag über diesem schmalen Angesicht, daß es Dankmar fast wie beklemmende Furcht überschlich, der teure Freund möge ihm bald entrissen werden. Er wagte kaum, ihn zu stören. »Vater Spee«, sagte er dennoch mit gedämpfter Stimme. Da flog es wie warmer Sonnenschein über des Priesters Züge; die wahre herzliche Freude, womit Spee den Freund willkommen hieß, verscheuchte diesem jeden Zweifel, ob er auch recht gehandelt, den Dichter in seiner Arbeit unterbrochen zu haben.

»Da findet Ihr mich wieder mitten in einem Friedenswerk, als ob gar kein Krieg unser Vaterland zerfleischte, als ob kein Zank und Hader, Mord und Totschlag, ja alle Schand´ und Laster die Welt regierten.

Aber es muß doch e i n e r sein, der in dieser argen Zeit der göttlichen Liebe Lob singt«, sagte Spee lächelnd nach der ersten Begrüßung, indem er auf sein Buch deutete. »Ja, wer hätte gedacht, als ich Euch in Falkenhagen zum letzten Mal sah und Euch die Rückkehr in das heimische Erzstift so dringend empfahl, daß ich selber nochmals in diese Gegend verschlagen werden, und wir uns hier wiedersehen sollten!« Ein Schatten glitt über seine hohe Stirn, als er wehmütig fortfuhr: »Wer hätte damals gedacht, daß die Spuren meiner mühsamen Missionstätigkeit im Norden schon drei Jahre später durch die schwedische Soldateska[12] vollständig vernichtet sein würde!« Graf Kesselstatt neigte in ernster Zustimmung das Haupt; dann aber rief er freudig aus: »Laßt Euch das nicht anfechten, teurer Vater, Gott selber weiß, wozu es gut ist! Ungleich segensreicheren und dauernden Verdienst als durch die Tätigkeit in der Gegenreformation habt Ihr Euch durch Euer kühnes Buch gegen das Hexenverbrennen erworben, mit dem Ihr todesmutig vor die Fürsten, die Beichtväter und die Richter hintratet, ihr Gemüt aufrütteltet und ihnen in ruhiger eindringlicher Weise zeigtet, welch ein Greuel von Torheit, Ungerechtigkeit und Unmenschlichkeit sich in dem Verfahren gegenüber den der Zauberei Angeklagten zusammengehäuft habe.«

Spee´s Auge flammte. »Was mir den Mut zu diesem mit meinem Herzblut geschriebenen Werk verlieh, war die Liebe zu Gott, zur Wahrheit; sie drängte mich zum Kampfe gegen den Irrwahn, gegen das Ungeheuer mit dem tausendfach geöffneten Rachen.« »Wahrlich, es gelang Euch, dem grimmigen Drachen die unheilbare

12 Rücksichtslos vorgehende Soldaten.

Todeswunde zu versetzen«, sprach Kesselstatt überzeugungsvoll. »Eure Schrift ›cautio criminalis‹ hat Wunder gewirkt. In Würzburg hörten, wie Euch selber bekannt ist, sogleich nach dem Erscheinen der ›cautio‹ die Hinrichtungen auf. Auch ich hatte im Norden Gelegenheit, zu erfahren, daß die Herzöge von Braunschweig infolge des Buches alle Hexenspürerei verboten. Ich weiß auch, daß das Reichskammergericht und der kaiserliche Hof von dem Buche, dessen Urheber ja nur den vertrauten Freunden bekannt ist, von welchem aber eine Auflage nach der andern erscheint, Kenntnis nahmen und sogleich ernstliche Revision des bisher beobachteten gerichtlichen Verfahrens anordneten. So beginnt durch Eure mutigen Worte die Scheiterhaufen hier und dort allmählich zu erlöschen«, vollendete er freudig.

»Gott, dem ich dafür danke, gebe auch ferner seinen Segen dazu!«, sprach Friedrich von Spee in so feierlichem Ton, daß der junge Obrist unwillkürlich ein freundlicheres Gebiet der Unterhaltung zu berühren versuchte. »Wie sehr habt Ihr mich erfreut durch das Geschenk der schönen ›Trutznachtigall‹! Ich trage das Manuskript wie ein Kleinod stets bei mir, ich lese täglich darin und erbaue mich an Euren gottbegeisterten Hymnen. Eure frommen Lieder sind Gebete; wie oft schon habe ich mir frischen Lebensmut aus ihnen geholt!«

»Das zu hören freut mich, mein junger Freund. Ich habe das Büchlein aus keinem anderen Grunde geschrieben, als daß Gott auch in deutscher Sprache seinen Poeten hätte, der sein Lob und seinen Namen singen und verkünden könnte, und daß die Menschen, so es lesen oder hören werden, in Gott und göttlichen Dingen ein Genügen und Frohlocken schöpfen. Doch was reden wir immer nur von meinem Schaffen? Wie es Euch auf Euren Kriegsfahrten erging, darüber habt Ihr mich, zu meiner Freude, durch regelmäßiges Schreiben treulich unterrichtet. Nun sagt mir, wie hat Euch das Heim bei der Rückkehr gefallen?« Dankmar zog die Stirne kraus. »Ich hätte mir die Franzosenwirtschaft nicht so schlimm vorgestellt«, gab er unmutig zur Antwort. »Da seht Ihr´s! Serenissimus[13] aber dachte, als er das Völkchen herbeirief, daß die kriegstrunkenen Schwedenschaaren nicht sanfter hier hausen würden«, sagte Spee lächelnd. »Der Kurfürst ist ein gewissenloser Landesverräter!« rief Kesselstatt heftig.

»Die Jugend ist rasch in schroffem Urteil«, fügte der Pater hinzu. »Nachdem der Schwedenkönig so oft Sieger über die kaiserlichen Heere war, glaubte Philipp Christoph, der genaue Kenntnis von der wunderlichen Zusammensetzung der kaiserlichen Streitkräfte hatte, nicht mehr an deren Erfolg, wohl aber sah er, daß Gustav Adolf seine Siege zur gänzlichen Umgestaltung und zur kirchlichen Reformation Deutschlands benutzen wollte. Das zu hintertreiben, vermochte seiner Absicht nach nur die eine Macht, welche zugleich ihn selbst von allen seinen Verwicklungen befreien, seine Feinde ihm unter die Füße legen konnte. Kardinal Richelieu zeigte sich auf die erste leise Anfrage mehr als bereit, den trierer Kurfürsten tatkräftig zu schützen, und fast unvermerkt war letzterer in die engste Beziehung zu Frankreich verstrickt. Es ist tief zu bedauern, daß dieser eminente Geist – Philipp Christoph, Wallenstein und Richelieu gelten ja in den Augen der Welt als die drei Hauptingenia der heutigen Zeit – daß der Kurfürst die ausgezeichneten Fähigkeiten nur anwendet, um sich und andern Ungemach zu bereiten. Zu welch hoher Blüte hätte dieser geistvolle von den besten Absichten beseelte Herrscher sein Land bringen können, wenn nicht die Ungunst der Verhältnisse auf die Untertanen und nicht minder auf den zur Härte neigenden Charakter des Fürsten schlimm gewirkt hätte. Er brach-

13 Anrede für einen regierenden Fürsten.

te beim Antritt seiner Regierung der allgemeinen Landesverteidigung Opfer, wie kein anderer Bundesfürst. Er suchte wirksamer, als irgendeiner der Bischöfe Deutschlands, die verdrängte oder bedrückte katholische Religion wiederherzustellen, und bestrebte sich, durch die Unbescholtenheit seines eigenen Wandels die Vorzüglichkeit unseres Glaubens darzutun. Wie sehr er heute auch durch seinen leidenschaftlichen Charakter sich zu Härten und Ungerechtigkeiten hinreißen läßt, so dürfen wir es nicht vergessen, welche hohen Verdienste er durch Wiederherstellung unserer katholischen Religion in so vielen Fürstentümern und Grafschaften erworben hat. Einer unserer Ordensleute, der unter seiner Leitung in der Gegenreformation der Herrschaft Freußburg tätig war, erzählte mir kürzlich noch ein kleines Erlebnis, welches mich herzlich freute. Nachdem unser Pater zu den wiedergewonnenen Katholiken im Kirchlein zu Daden gesprochen und eben die Kanzel verlassen hatte, trat ihm ein Greis entgegnen, der mehr in der altväterlichen Tracht, als in den noch frischen Zügen verriet, daß er dem vorvorigen, dem fünfzehnten Jahrhundert angehöre. Er stellte sich selber vor als einen Graubart von hundertundzwanzig Wintern und berichtete mit fast jugendlicher Lebhaftigkeit: ›Siebenzig Jahre hatte ich meinem Gott gedient, also wie ich von den Vätern gelehrt worden, da kam eine neue Zeit und ein neuer Glaube. Ich sollte nicht mehr während des Meßopfers mein Gemüt zu Gott erheben, nicht mehr auf die Fürbitte der Heiligen hoffen, nie mehr beten: »Heilige Maria, Mutter Gottes, bitte für uns Sünder, jetzt und in der Stunde unseres Todes.« Da wandte ich mich ab von dem entheiligten Altar. Vor fünfzig Jahren besuchte ich zum letzten Mal diese Kirche. Daß ich heute die so schmerzlich vermißte Stätte wieder betreten darf, danke ich Euch. Gepriesen sei Gott, der solchen Tag zu erleben mir die Gnade gab! (Rhein. Antiquarius II. Abt. I. Bd.).

Graf Kesselstatt versicherte: »Eure Historie ist ja recht erfreulich. Das hindert mich aber nicht, zu wiederholen, daß ich unserem Kurfürsten trotz aller seiner guten Eigenschaften niemals die Härte gegen seine Untertanen und das Herbeirufen der Franzosen verzeihen kann.« Friedrich von Spee lächelte. »Wer weiß, ob ohne den großmächtigen Schutz des Herrn Kardinals Richelieu die Schweden nicht ihren Einzug hier gehalten hätten. Wie jämmerlich diese nordischen Völker hausen, wißt Ihr aus Erfahrung; daher habe ich nicht erst nötig, Euch ein Schriftstück des früheren Predigers aus Woltorp, den Ihr unter dem Namen ›der tolle Herr Tyle‹ kennt, vorzulesen. Seines Bleibens ist nicht mehr im gänzlich reformierten Norden. Er kündigte mir seine Übersiedelung nach dem alten Trier an.« »So folgt auch er den Fußstapfen unseres Vaters Spee!«, rief Dankmar freudig aus. »Freilich, unsere hiesigen Beschützer werden ihm nicht viel besser behagen, als die schwedischen Schirmherren.«

»Hattet Ihr schon eine Auseinandersetzung mit den Franzosen?«, forschte der Pater. »Gestern hatte ich eine kleine Begegnung mit ihnen«, beeilte sich der Graf zu erwidern; dann schilderte er lebhaft das Abenteuer des vorhergegangenen Tages, wobei er allerdings bedeutend mehr von dem edlen Fräulein Jutta von Zandt, als von dem Treffen mit den Franzosen berichtete.

In den gutmütigen blauen Augen Spee´s zuckte es ein wenig schalkhaft, als er bemerkte: »Das edle Fräulein ist mir lange schon geschildert, wenn ich sie auch nicht von Angesicht kenne, so weiß ich doch, daß sie die schönste und liebenswürdigste Jungfrau im ganzen Kurstaat ist. Solches mir zu versichern, beeifern sich meine sämtlichen jungen Freunde, deren Vertrauen ich besitze. Kunz Umbscheiden von Ehrenkron ist untröstlich darüber, daß der französische Stadtkommandant der verehrten Dame jede Nacht ein Ständchen bringen läßt, er möchte es gern ihm zuvortun. Da er weiß, daß ich Poetery treibe und mit Frau Musika auf nicht allzu gespanntem Fuße stehe, bat er mich in seiner naiven Dreistigkeit, ihm einen passenden Gesang zu dichten und lieblich in Töne zu setzen.« »Der Kecke! Ihr werdet ihm doch den Willen nicht tun?«, brauste Dankmar auf. Spee antwortete nicht gleich; heimlich belustigt strich er den dunklen Bart. »Warum sollte ich nicht? Warum sollte ich die schöne Gelegenheit, ein junges Herz zu rühren, vorübergehen lassen?«, fragte er dagegen. Kesselstatt sprang empor. »Ah, Vater Spee, das kann nicht Euer Ernst sein. Ihr werdet Eure Feder niemals in den Sold irdischer Minne stellen!« Jetzt lachte Friedrich von Spee herzlich, und der junge Graf machte trotz seiner Aufregung die Wahrnehmung, daß die Züge des in Leiden geprüften Ordensmannes sich ungemein dabei verschönten. »Wer sagt denn, daß ich solches wolle, junger Hitzkopf?«, rief Spee heiter. »Erfahret, ein Lied will ich dem Fräulein dichten und auch in schöne Musik setzen, ein Lied, wie sie vielleicht noch keins vernommen; mein ausgewählter Chor soll den Gesang ihr vortragen. Ich dürste hierin nämlich nach Erfolg, so müßt Ihr wissen. Kunz Umbscheiden dürfte aber, so fürchte ich, nicht als Urheber des Ständchens gelten wollen; denn von irdischer Minne soll der Gesang nicht wiederhallen, wohl aber von glühender Gottesliebe und heiliger Buße. Es kann nichts schaden, wenn an das Herz eines jungen umschmeichelten Weltkindes mitunter auch solche Töne dringen.« »So ist´s Euch gemeint, Ihr wollt den Bußprediger in freundlicher Verhüllung spielen. Wißt Ihr so genau, daß Fräulein von Zandt einen solchen nötig hat?«, fragte der junge Obrist etwas unzufrieden. »Jedem Menschenkind, fürnehmlich aber einem viel umworbenen und darum auch so manchen Gefahren ausgesetzten zarten Jungfräulein, ist eine ernste Mahnung an die Ewigkeit von Nöten«, gab Spee ruhig zur Antwort. »Ihr wollt gehen? Freilich, es ist Mittagszeit. Nun, so begleite ich Euch; ich bin zum Mahle eingeladen. Verzeiht einige Augenblicke, auf daß ich noch Toilettenkünste an mir vornehme«, mit diesen Worten verschwand der Pater eiligst. Graf Kesselstatt schüttelte leise verwundert den Kopf. Sollte Vater Spee eitel geworden sein?

Er hatte jetzt Muße, sich in dem schmucklosen Gemache umzuschauen. Vier weiß getünchte Wände zeigten als einzige Zierde ein hölzernes Kruzifix, ein Weihwasserbecken und ein Bild des heiligen Ignatius von Loyola. Das einfache Bett, ein Büchergestell, zwei Stühle ohne Rücklehne bildeten mit dem großen Tische am vorhanglosen, auf den Klostergarten sich öffnenden hohen Bogenfenster die ganze Ausstattung der schlichten Zelle, die freundlicher gemacht wurde durch das hellflackernde Feuer des Kamins. In der Fenstervertiefung dem Arbeitstische gegenüber war ein gemaltes Pergament angeheftet. Dankmar trat näher und erkannte, daß es in großen Zügen das Programm der Gesellschaft Jesu sei. Nicht ohne Rührung las er folgende Formel: »Wer in der Gesellschaft unter der Fahne des Kreuzes für Gott den Herrn allein kämpfen und seiner Braut, der Kirche, unter dem Stellvertreter desselben, dem römischen Papst, dienen will, muß vor Augen haben, daß die Gesellschaft dazu gegründet ist, den Glauben zu verteidigen und auszubreiten, das Heil der Seelen in christlichem Leben und christlicher Lehre zu befördern und zwar durch jede Art öffentlichen Vortrages des Wortes Gottes, durch Erteilung der Exerzitien, durch katechetischen Unterricht der Jugend und der Unwissenden, durch Ausspendung der Sakramente, besonders der Buße; daß sie ferner bestimmt sei zur Ausübung der Werke der Liebe, namentlich gegen Gefangene und Kranke.«

Der väterliche Freund hatte sich noch nicht lange entfernt, als die Türe sich leise öffnete, und mit schüchterner, bittender Gebärde ein in schlechte Gewänder notdürftig gekleideter alter Mann eintrat. »Gewiß ein Almosenheischender!«, dachte der junge Kriegsmann. Bettler konnte er niemals abweisen; so zog er unwillkürlich rasch den Beutel hervor. »Laßt das Geld nur stecken, Herr Graf! Da sehe ich aber mit Freuden, daß meine Toilettenkünste die gewünschte Wirkung hervorbringen. Selbst Ihr kennt mich nicht wieder«, sagte der vermeintliche Bettler sehr vergnügt mit Spee´s Stimme und richtete sich empor. »Da seht Ihr, zu welchen Mitteln wir greifen müssen, um das arme religiös und sittlich verwahrloste Volk zu belehren. Jetzt gehe ich nach der Kartause[14] dicht vor dem Neutor, wo täglich Suppe und Almosengelder an mehr als tausend Personen ausgeteilt werden. Dort esse ich mit den anderen meine Armensuppe und bringe dabei gute Lehren und Ermahnungen an, die von mir als einem ihresgleichen willig, ja begierig aufgenommen werden. Wenn ich aber im Ordenskleide diesen armen verkommenen Menschen Unterricht erteilen wollte, so würden sie sich mißtrauisch, ja spöttisch abwenden und rufen: ›Da seht mal den Hexenpater‹ – so nannte mich nämlich das Volk in Würzburg, und so nennt man mich auch hier, seitdem es bekannt ist, welche traurige Pflicht mir in jeder Stadt oblag – ›Seht den Hexenjesuiten, wie er sich plagt, um Seelen zu gewinnen! Das ist ja seines Amtes. Für jede gewonnene Seele kriegt er vom Jesuitengeneral viele Reichstaler in bar ausbezahlt, da ist er höllisch aufs Bekehren erpicht!‹ Wie fände ich bei solchem Mißtrauen guten Boden, um meine Samenkörner auszustreuen, während die Armen infolge der Ermahnungen des Mitgenossen vielfach wieder zur Messe und zur Predigt kommen.«

»Wahrlich, mir fehlen die Worte, um Eure Selbstverleugnung und Eure Seelengröße gebührend zu preisen«, sagte Dankmar von Kesselstatt fast kleinlaut, als

14 Ein Kloster des Kartäuserordens.

er neben dem Bettler her schritt. »Ihr würdet mir einen schlechten Dienst erweisen, wolltet Ihr mich hierfür loben«, versicherte Spee. Er blieb stehen. »Hier am Tore unseres Kollegiums scheiden sich unsere Wege. Meine lieben Freunde an der Kartause möchten nachträglich zweifeln, ob ich wirklich einer der Ihren sei, wenn ein so stattlicher Herr, der manchem vielleicht als der junge Graf von Kesselstatt bekannt ist, mich in vertraulicher Unterhaltung begleitet. Gehabt Euch wohl. Auf baldiges Wiedersehen!« So ging jeder seines Weges.

VI. Die Königsburg

Das großartige Wohngebäude der Freiherren Zandt von Merl, Königsburg genannt, zeigte in dem steinernen Wappenschilde über dem Eingangstore eine zinnenreiche Königsburg. Die Sage erzählte, daß an dieser Stelle ehemals die Residenz der fränkischen Könige und vor vielen Jahrhunderten das römische Praetorium[15] sich erhoben habe.

Zu diesem stattlichen Bau lenkte Dankmar von Kesselstatt am Nachmittage seine Schritte. Gesenkten Hauptes ging er an der »Steipe«, einem gotischen Gebäude aus dem fünfzehnten Jahrhundert, vorüber und vergaß fast, die Ratsherren zu grüßen, welche nach vollbrachter Tagesarbeit dort unter den Spitzbogen bei edlem Moselwein beisammensaßen und ihre Meinungen tauschten. So schritt er durch die Fleischstraße, am hochgiebeligen Schiffleutshaus, am Krämeramts- und am Schöffengerichtshaus vorüber und dachte immer nur: Wie wird Jutta mich empfangen, wie werde ich sie wiederfinden? Er hob den Blick auch nicht, als er am uralten, gotischen Rat- und Kaufhause vorüber bis zum Kornmarkt gelangt war und nun der Zandt´schen Burg gegenüberstand. Daß er zur Erde schaute, hat sein Gutes, denn mitten in der Fleischstraße entdeckte er eine kostbare Perlenschnur auf dem Boden. Er neigte sich, um das Kleinod aufzuheben. Siehe da, die Perlen entglitten unvermutet seinen Händen und flohen schlangenartig weiter. Eigentümlich, da lagen sie still! Er bückte sich nochmals. Ei, hat das Ding denn Leben und eigene Bewegung? Er konnte es nicht fassen, das rollte weiter und lag dann wieder ruhig. Nun reizte es ihn doppelt, des Schmuckes habhaft zu werden. Ja, ist denn

15 Hauptsitz des Oberbefehlshabers; Regierungssitz.

hier Zauberei im Spiel? Pfeilschnell entglitten ihm die Perlen wiederum und verschwanden endlich sachte unter dem Portal der Königsburg. Ziemlich verblüfft stand er da und schaute dem Dinge nach. Blitzartig aber zuckte dann sein Blick empor und traf genau ins Schwarze, nämlich in zwei schwarze Augensterne, die aus dem kleinen Guckfensterchen der von Zandt´schen Pforte lachend herausstrahlten.

»Warte, ich kriege Dich!«, dachte er, fuhr in die Tasche, langte den Schlüssel heraus und öffnete. Das war das Werk einer Sekunde. Dann sah er vor sich einen langen Hausflur und am Ende desselben zwei braune Zöpfe um die Ecke verschwinden. Er, nicht träge, jagte hinterher und fand in dem Winkel neben der Treppe ein großes, schwarzbraunes Mägdlein, das sein Gesicht scheu in beide Hände verbarg.

»Aha, das ist die zukünftige Äbtissin!«, dachte er belustigt, zwang seine Stimme zu möglichst rauem Ton und sagte: »Da habe ich wohl die Urheberin des mich äffenden Zauberspukes vor mir?« »Ach, Herr Offizier, ich will ja gerne alles gestehen, verratet mich nur nicht«, tönte es kläglich hinter dem Bollwerk der nicht ganz kleinen Hände hervor. »Ehe ich Euch das zusichere, Jungfer Isengard, erklärt mir zunächst, warum Ihr die Fopperei ins Werk setztet.«

Isa war schlau. Sie merkte, daß der Frager mit Mühe nur das Lachen unterdrückte. Eine Hand nach der anderen sank, ein Paar herrliche, dunkle Augen voller Mutwillen, ein braunes, pikantes Gesicht kam zum Vorschein. Um ihre frischen, roten Lippen zuckte es schalkhaft. »Warum ich das tat? O, Ihr könnt fragen warum! Das war ja doch gar zu spaßig, wie Ihr den Perlen nachliefet! Für Euch hatte ich sie freilich nicht hinterlegt, sondern für die Kinder; aber was kann ich dafür, wenn auch Ihr, drollig genug, sie haschen wolltet, wenn auch Ihr mir das Vergnügen machtet!«

»Da ich Euch den Gefallen tat, Jungfer Isengard, so verratet mir wenigstens zur Belohnung, mit welchem geheimnisvollen Zauber Ihr den Schmuck wieder an Euch locktet.« O, nun war Fräulein Isa wieder ganz auf der Höhe. Weiße Perlenzähne blickten dem Obristen entgegen. »Zunächst sagt mir, wie Ihr zu dem Schlüssel unseres Hauses kommt, und wie Ihr heißt.« Der junge Mann verbeugte sich. »Beide Fragen beantworte ich mit einem Wort: Kesselstatt.«

Da tat Isengard trotz ihrer Länge einen Freudensprung. »Graf Dankmar von Kesselstatt, wie glücklich bin ich! Nun weiß ich, daß ich nicht verraten werde. Vater sprach von Eurer Rückkehr. Wie wird Mutter sich über Euren Besuch freuen! Ihr müßt uns von dem bösen Völkerkriege erzählen, und wie es Euch in den fremden Landen erging.« »Jungfer Isa, Ihr seid mir noch die Erklärung des Zaubers schuldig«, mahnte der Kriegsmann beharrlich. »Ach so!« Sie hob die Hand. »Da seht das ganze Geheimnis: An einem dünnen schwarzen Seidenfaden, den man auf dem Straßenboden selbstverständlich nicht sehen kann, lenke ich die Perlenschnur nach meinem Willen. Wie oft habe ich mich daran ergötzt, daß Kleine und Große dem Dinge vergeblich nachsprangen. Heute aber, ach heute, Herr Graf, laßt mich´s nur gestehen, wurde es mir bange, als Ihr so unglaublich schnell die Tür aufschlosset; ich erwartete ein Strafgericht.«

»Da wäre ich ja ein Unmensch, wenn ich ein Strafgericht über Euch beschwören wollte! Ich erfreue mich an Eurem kindlichen Übermut«, versicherte der Graf und fügte hinzu: »Treffe ich den Herrn Vater zu Hause?« »Leider nein. Er ist selten daheim, sondern wegen der französischen Diebe meist auf dem Trab von einer Besitzung zur anderen. Aber die Mutter ist hier.« »Und Fräulein Jutta?«, entfuhr es ihm. »Ach, Königin Jutta hält ihren Hofstaat um diese Zeit. Kommt nur mit hinauf. Der französische Oberfeldherr de Bussy, ein feiner Herr, der zu Hause gar nicht kriegerisch, sondern wie ein Minnesänger aussieht, spielt die Laute. Der dicke Riese Kunz von Umbscheiden hält Garn wie ein gezähmter Bär, Freiherr von Merode wickelt es schmachtend zu einem Knäuel, und Herr von Wittgenstein zeichnet für Jutta das Muster zu einer Tischdecke, welches sie vorgibt sticken zu wollen; sie fächelt sich, lauscht der Harfe und sieht zu. O, es ist ein Bild zum Totlachen.« »Warum bleibt Ihr denn nicht oben, wenn Euch das Schauspiel so sehr ergötzt?«, fragte Kesselstatt etwas verstimmt. »Wer sagt Euch, daß ich Freude daran hätte? Schäferspiel im Studium, Schäferspiel in Wirklichkeit, das ist zu viel. Die Hirtengedichte meines Virgil[16] werden mir nachgerade langweilig, zumal, da ich auf Befehl meines Hofmeisters nach dem Vorbilde des Schwanes von Mantua, wie er Virgilius nennt, lateinische Hirtengedichte schmieden muß.« Dankmar schüttelte den Kopf. Sollte er die lange, schlanke zukünftige Äbtissin frühreif oder trotz aller Gelehrsamkeit kindlich nennen? Aber etwas mußte er doch noch von ihr erfahren, naiv genug war sie jedenfalls, es ihm zu verraten. »Wer ist denn der bevorzugte Werber bei Fräulein Jutta?«, fragte er mit stockender Stimme. »Wer? Das ist schwer zu sagen«, kam es lachend zurück. Sie besann sich ein wenig, dann sagte sie: »Ich glaube, Jutta manövriert mit ihrem Herzen, wie ich mit meiner Perlenschnur: Wer danach hascht, wird gefoppt.« »Solches Spiel scheint mir gefährlicher als Eures, Jungfer Isengard«, bemerkte Kesselstatt, der nicht wußte, ob er erfreut oder unwillig über den erhaltenen Bescheid sein sollte. Damit schritten sie gemeinsam hinauf. Isa öffnete dem Grafen die Türe zu einem schönen großen Gemach. Es war wirklich eine prachtvolle Szene, welche Dankmar´s bewunderndem Auge sich darbot.

Der Türe gegenüber im tiefen Erker saß eine freundliche ältere Frau mit dem Spinnrocken. Feurig rote und

16 Römischer Dichter und Epiker (70–19 v.Chr.).

glänzend blaue Lichtstrahlen glitten von den farbigen Fenstergemälden über ihren weißen Scheitel hin. Das war ein Stillleben, ein liebes, friedliches Bild für sich. Um den Kamin her aber hatte sich eine Gruppe gestaltet, die der junge Graf, wenn er Maler gewesen wäre, sofort in sein Skizzenbuch gebannt hätte. Vom flackernden Schein phantastisch beleuchtet, lehnte links an der Feuerstätte ein junger Mann, dessen feines dunkles Gesicht durch das romanische Gepräge auffallen mußte. Sein schwarzes Haar war nach Sitte der Zeit auf der Stirne kurz geschnitten, fiel aber in blauglänzenden Locken hinab auf Schultern und Nacken. Des Mannes schwarze Augen schienen Funken zu sprühen, um die von langem, seidigem Schnurrbart beschatteten starken roten Lippen lag trotz aller Weichheit ein gewisser herausfordernder Zug. Seine Kleidung bestand aus einem dunkel purpurfarbenen, mit Hermelin verbrämten Samtkoller, aus gelbseidenen Pluderhosen, hellen Seidenstrümpfen und weißen, zierlich mit Rosetten geschmückten Atlasschuhen. Er spielte auf der Laute eine schwärmerische und zugleich wildphantastische Weise. Das war der Stadtkommandant Marquis de Bussy.

Rechts vom Kamin gewahrte man das Schauspiel, welches Isengard so ergötzlich gefunden hatte. Auch Dankmar konnte sich eines leichten Lächelns nicht enthalten, als er die behäbige riesenhafte Gestalt seines vertrauten Jugendfreundes Kunz in so friedlicher Beschäftigung wiederfand. Das gelbe Haar hing Herrn von Umbscheiden im Eifer seiner Tätigkeit wie ein Strohdach tief in die nicht allzu hohe Stirn, seine runden glatten Wangen hatte sich noch höher gerötet, als sonst, und dabei hielt er doch nur Garn. Freiherr von Merode, bleich, schmächtig, schwärmerisch, mit zierlich gedrehten langen farblosen Locken, in allem der schroffste Gegensatz zu Kunz, war wenigstens schlau genug gewesen, sich den besseren Teil, das Aufwickeln, zu erwählen. Der Riese, seinem freundlich guten Charakter entsprechend, war in freundliche Farben, in blaue und gelbe Seide gekleidet, während der matte Herr von Merode, dessen Gesicht an Asche erinnerte, sonst ganz bordeauxfarben aussah.

»Unschädliche Mitbewerber!«, dachte Kesselstatt, innerlich lachend. Nun aber schweifte sein Blick weiter nach rechts. Da saß an einem der bleigefaßten farbigen Fenster vor breitem Tische ein schöner blonder Herr mit vornehmem Gesicht, dessen Kleidung schwarzer Samt war. Das mußte, Isa´s Beschreibung nach, der kunstübene Herr von Wittgenstein sein.

Den Mittelpunkt des bunten Kranzes bildete die blendend schöne Frauengestalt, welche Dankmar´s Phantasie seit gestern unausgesetzt beschäftigte. Vom glühenden Rot des Kamins übergossen, sah Jutta im schillernd weißen Seidenkleide wie eine Märchenkönigin aus. Sie hielt den Fächer gegen die Glut und neigte leise das schöne Haupt gegen den Ankömmling. Welche Sprache lag in ihrem ausdrucksvollen Blick! Zärtlicher Vorwurf und Sehnsucht.

Die alte Dame hatte sich inzwischen freudig erhoben und kam mit trippelnden Schritten auf ihn zu. »Seid herzlich willkommen, Dankmar von Kesselstatt! Ich erkannte Euch sofort«, sagte sie mit vor Bewegung zitternder Stimme. Der Obrist beugte sich über die dargebotene Hand, um sie ehrerbietig an seine Lippen zu führen. »Wie mich das freut, teure, verehrte Frau!«, erwiderte er innig. »Ihr seid die Erste in meiner Heimat, die mich sogleich erkennt.«

»Das schwache Auge einer Greisin sieht mit einem Male doppelt hell, wenn die Liebe Strahlen wirft. Wer sollte mir neben meinen Kindern teurer sein, als Ihr, Graf Dankmar, den ich stets wie meinen eigenen Sohn betrachtete«, versicherte Frau von Zandt. »Euer herzliches Entgegenkommen ist mir umso beglückender, als ich im Vaterhause die teure Mutter entbehre«, erklärte Dankmar gerührt.

Die Laute war jäh verstummt, das Garn hatte sich plötzlich verwirrt und ruhte; selbst die Hand, welche den Zeichenstift führte, lag untätig da. Die würdige ältere Frau machte den Grafen Kesselstatt mit den Herren bekannt, die nicht allzu freundlich sich verneigten. Nur Kunz von Umbscheiden, dessen Garn sich ohnedies zu einem Labyrinth gestaltet hatte, warf das Wirrsal achtlos hin und umarmte den heimkehrenden Jugendfreund so stürmisch, daß der nicht mit Unrecht einen Rippenbruch befürchtete.

Tiefen Eindruck auf Dankmar machte es, daß Jutta unvermerkt ihm zuflüsterte: »So spät kommt Ihr! Warum so spät, mein Freund?« Zur Antwort blieb ihm keine Zeit, denn Frau von Zandt zog ihn zum Erker hin. Das Alter ist geschwätzig. So wurde Graf Kesselstatt fast mehr, als er zu wissen begehrte, und als er in seiner erklärlichen Zerstreutheit darauf achten konnte, über das Ergehen der Familie in den letzten zehn Jahren unterrichtet. Dann aber mußte er auf Bitten der alten Dame von seinen Abenteuern erzählen. Seine frischen Schilderungen hatten zur Folge, daß alle aufmerksam wurden und lauschten, daß er unvermerkt der Mittelpunkt des kleinen Kreises wurde.

Auch Jutta hatte sich erhoben und stand, während er sprach, strahlenden Auges vor ihm. Die erste Gelegenheit ergriff sie zur Wiederholung der Frage: »Warum, o warum kamt Ihr nicht eher?« Dankmar lächelte. »Warum? Nun Ihr könnt Euch denken, daß ich gestern bis zur Nacht auf die französischen Soldaten achten mußte, welche unser Schloß Dodenburg ihrer Aufmerksamkeit werthielten. Hierbei erlaube ich mir, unsere Besitzungen Eurem besonderen Schutze zu empfehlen«, sagte er mit verbindlicher Verneigung gegen Marquis de Bussy.

»Ich will tun, was ich vermag«, entgegnete dieser artig in geläufigem Deutsch. »Doch«, er lachte, »bauet nicht zu sehr auf meine Macht. Wenn letztere so groß wäre, wie Euer Vertrauen darauf, so würde ich, das könnt Ihr denken, auch die Güter meiner Gastgeber vor Gewalttaten schützen.«

Jutta drängte ungeduldig. »Ihr sprecht von gestern, wo aber weiltet Ihr heute, daß Ihr so lange auf Euch warten ließet?« »Vergebt mir, edles Fräulein. Der erste Besuch in hiesiger Stadt mußte meinem treuen väterlichen Freunde, dem edlen Jesuitenpater Friedrich von Spee, gelten«, erwiderte Dankmar ernst.

»Ach, Ihr kennt den Hexenpater! Erzählt uns von ihm«, hieß es von allen Seiten.

Solcher Aufforderung entsprach Dankmar gerne. Mit Begeisterung schilderte er das liebenswürdige Wesen und das verdienstvolle Wirken des seeleneifrigen Ordensmannes.

»Und Ihr sagt, daß Ihr ein von Spee geschriebenes Liederbuch bei Euch tragt? Geschwind, heraus damit, lest uns ein Gedicht Eures Freundes vor!«, rief Jutta lebhaft. »Mit Freuden tue ich das«, entgegnete Dankmar und zog das Manuskript hervor. »Mir fällt die Wahl schwer.

Doch was suche ich lange? Am besten wird es sein, wenn ich ein auf den heutigen Früh-Lenz bezügliches Lied wähle. So vernehmt denn:

Der trübe Winter ist vorbei,
Zurück der Kranich kehret,
Nun reget sich der Vöglein Schrei,
Der Nester Zahl sich mehret;
Laub allgemach
Dringt nun zu Tag,
Die Blümlein bunt erscheinen,
Wie Schlänglein krumm
Geh´n lächelnd um
Die Bächlein kühl in Hainen.
Wohin man schaut, fast alle Welt

Tut sich zur Freude rüsten,
Zum Scherzen alles ist gestellt,
Und alles schwebt in Lüften.
Nur ich allein,
Ich leide Pein,
Ohn´ End´ werd´ ich gequälet,
Seit ich mit Dir
Und Du mit mir,
O Jesu, Dich vermählet.
Nichts schmeckt mir auf der ganzen Welt,
Als Jesu Lieb´ alleine,
Nicht Spiel und Scherz mir je gefällt,
Bis daß er mir erscheine.
Laut, mein Gemahl,
In meiner Qual
Ruf ich so manche Stunden;
Doch naht kein Schritt
Sich mir und Tritt.
Muß das mich nicht verwunden?
Ach Jesu, Jesu, treuer Held,
Was kränkst Du mich so sehre!
Bin ja doch hart genug gequält,
Ach, mich nicht so beschwere.
Willst alle Qual
Mit einem Mal
Du seh´n bei mir vergangen?
Dann führ´ zur Weid´
Mein´ Augen beid´
Auf Deine schönen Wangen.«

»Das ist recht hübsch, aber für meinen Geschmack zu ernst; ich bin nun einmal solch ein Weltkind«, äußerte Jutta leichthin. Die Herren gaben ähnliche Urteile ab, so daß Kesselstatt fast mit dem gekränkten Gefühl, als habe man ihm Heiliges verachtet, bedauernd das Buch wieder einstecken wollte. Da stand plötzlich tief atmend, mit leuchtendem Auge Isengard vor ihm. Die junge Maid hatte zurückgezogen und unbeachtet in einer Fensternische gesessen; jetzt streckte sie beide Hände nach dem Manuskripte aus. »Leiht mir das Buch nur einen einzigen Tag, Herr Graf«, bat sie flehentlich. »Das Gedicht ging mir so zu Herzen; ich möchte auch die anderen kennen lernen. Sind alle Gedichte so schön wie dieses?« »O, manche sind noch viel schöner, tiefer, inniger, Jungfer Isengard«, erwiderte Dankmar, erstaunt und erfreut ob dieses unvermuteten Verständnisses. »Da Ihr Gefallen an geistlicher Poesie habt, so sollt Ihr das ganze Buch, ›Trutznachtigall‹ benannt, auch lesen. Ich lege es in Eure Hände; Vater Spee wird nichts dagegen einzuwenden haben.« Damit tat er, wie er sagte, und Isengard flüchtete beglückt mit dem Schatze in ihre Fensternische zurück, um sich sogleich darin zu vertiefen. Daß der Dichter, welcher mit vollen Zügen aus dem Borne[17] der Gottesminne geschöpft hatte, mit seiner kindlichen Anmut, seiner Innigkeit des Gefühls und seinem hymnenartigen Gedankenschwung das harmlose, muntere Kind bezaubern mußte, war so natürlich; dennoch berührte den Grafen Isengards Verständnis ungemein wohltuend und erwärmend. Die gleichgültigen Worte der schönen Jutta waren wie kalter Reif auf seine wonnige Frühlingsstimmung gefallen.

»Königin« Jutta hatte Isengard sie übermütig genannt. Ja, eine Königin der Schönheit und liebenswürdigen Anmut war dieses holde Wesen. Wie schade, daß sie etwas oberflächlich und weltlich zu sein schien! Doch mit gro-

17 Quelle.

ßer Zuversicht fühlte er die Kraft in sich, dieses schmiegsame, seiner sieghaften Schönheit freilich nur allzu sehr bewußte junge Geschöpf auf ernstere Bahnen zu lenken. Welche schöne Aufgabe sollte ihm im näheren Verkehr mit ihr zu teil werden! Daß ihm große Macht über sie gegeben war, daran konnte er nach ihrem Auftreten ihm gegenüber unmöglich mehr zweifeln. Und daß ihr Herz trotz aller Umwerbung bis dahin unberührt geblieben war, wußte er nicht allein durch Vater und Schwester, sondern Wort und Blick des schönen Mädchens sagten ihm dasselbe. Nur ihn bevorzugte sie. Ja, er wollte um sie werben und dann seinem Edelsteine die richtige Fassung geben. Er wollte sie zu seiner eigenen ernsteren Weltanschauung bekehren, so daß auch für sie das Irdische nur im Spiegel das Ewige wiederstrahlen sollte. Selbstvergessen lehnte er da und folgte mit verklärten Blicken jeder Bewegung der jungen Schönen. »Ein entzückendes Frauenbild – nicht wahr? – diese Jutta von Zandt!«, sagte eine etwas verschleierte Stimme dicht an seinem Ohr. Es war der Marquis, welcher mit eigentümlichem Lächeln fortfuhr: »Man sieht Euch die Bewunderung an den Augen an. Es geht Euch darin, wie uns allen. Ich hätte das herrliche Weib schon längst als Gattin heimgeführt, wenn die trierische Bevölkerung und mit ihr Vater Zandt uns nicht immer noch als eingedrungene Feinde betrachtete. So darf ich Jutta öffentlich nicht einmal meine Verlobte nennen.« Der Graf zuckte unmerklich zusammen. »So wärt Ihr heimlich versprochen mit Fräulein von Zandt?« »Wenigstens ebenso gut wie versprochen«, flüsterte de Bussy. »Die Art, wie sie meine Huldigung aufnimmt, sagt mir deutlich genug, daß sie, sobald der Vater einwilligt, mir folgen wird. Als Feind wird der alte Freiherr mich von der Stunde an nicht mehr betrachten dürfen, da das Erzstift endgültig unter die Oberherrschaft unseres allergnädigsten Königs von Frankreich gekommen ist. Und dieses Ereignis steht bevor; warum sollte ich mich scheuen, es auszusprechen?

Bald genug werden die Spatzen es von den Dächern pfeifen. Philipp Christoph hat sich unseren Kanzler, den Kardinal Richelieu, als Koadjutor[18] und Nachfolger ausersehen. Sobald letzterer von Rom in solcher Würde bestätigt ist, gehört der Kurstaat uns.« »Das sind ja interessante Eröffnungen. Ich danke Euch, mein Herr Marquis!«, sagte Graf Kesselstatt kühl und wunderte sich selber, daß er so ruhig blieb. Das Gehörte hatte ihn geradezu betäubt. Die Rückkehr des alten Freiherren jetzt mit äußerer Fassung, als ob er nichts erlebt, in diesem Kreise abzuwarten, das überstieg jedoch seine Kräfte. Er mußte der dumpfen Betäubung Herr werden, welche des Stadtkommandanten Worte über ihn beschworen, er mußte in seinem Inneren das Unglaubliche verarbeiten, und das konnte er nur in der freien Natur. So nahm er fast plötzlichen Abschied und wußte kaum, daß er der Frau des Hauses und dem Fräulein Jutta, welche über sein Fortgehen betrübt schienen und ihn schmeichelnd um baldiges Wiederkommen baten, zerstreut ein solches Versprechen gab. Er bemerkte auch nicht, daß der Marquis Charles Lameth de Bussy unter sichtlich angenehmen Empfindungen seinen überaus langen Schnurrbart drehte und ihn beim Abschiede ganz besonderer Freundschaft versicherte.

Schon hatte er die Türklinke in der Hand, als Isengard, welche bis dahin so vertieft in das Manuskript war, daß sie Kesselstatts Aufbruch nicht eher bemerkte, auf ihn zueilte. »Herr Graf, Ihr müßt mir die Trutznachtigall nicht nur einen, sondern mehrere Tage leihen. Die Gedichte sind so wunderschön, und ich möchte mir so gerne einige abschreiben«, sagte sie treuherzig. »Behaltet ruhig das Buch, liebes Fräulein; es ist in besten Händen«, entgegnete Dankmar lächelnd. Er verbeugte sich, und die Türe glitt ins Schloß.

---

18 Ein Bischof oder Vikar, der einen anderen Bischof rechtlich vertritt.

Noch aber hatte der Graf nicht den Ausgang der Königsburg erreicht, als er hinter sich jemanden die Treppe herunterpoltern hörte. Es war Kunz von Umbscheiden, der ihn auf dem Fuße folgte. »So warte doch, alter Bursche, Du jagst ja fort, wie von Hunden gehetzt!«, rief dieser ihm nach und wischte sich den Schweiß von der Stirn. »Mir wurde es droben auch zu heiß. Hole der Henker den französischen Laffen! Ich konnte das Schöntun Juttas mit dem verliebten Pomadenhelden, dem Lautenklimperer, nicht mehr länger ansehen.« Kunz hang sich schwer an Dankmar´s Arm und fing an zu flüstern, obgleich auf der Straße weit und breit kein Mensch zu sehen war: »Dir will ich´s vertrauen. Du mußt nämlich wissen, daß die schöne Jutta eigentlich meine Braut ist. Sie wäre es längst auch vor der Welt, wenn dieser leidige Völkerkrieg nicht alles im Werden Begriffene vorläufig noch niederdämpfte, und wenn die Jungfrau nicht davor bangte, sich öffentlich als meine Verlobte zu bekennen, ehe der mächtige Franzose, der in der Königsburg wohnt und ihr den Hof macht, wieder zum Tempel, das heißt, zum Lande hinaus gejagt ist.«

Dankmar horchte auf. »Sagte Fräulein von Zandt Dir das, und versprach sie, Deine Frau zu werden?«, fragte er gespannt. »Das eigentlich nicht. Aber ein kluger Mann versteht auch manches ohne Worte; Blick, Mienen und Händedruck sind oft sehr bezeichnend. Ich weiß, daß sie mir gut ist, obgleich vom Heiraten zwischen uns nie die Rede war. Wenn sie aber, um für ihren Vater gut´ Wetter bei dem Welschen zu erhalten, mit diesem gar so freundlich tut, dann schießt mir doch – obschon ich meiner Sache so gewiß bei ihr bin – die Galle über, und ich laufe, wie eben jetzt, davon. Daß der Franzose sich manchmal etwas einbildet, verstehe ich.« Der gute Kunz ballte die Faust. »Aber den Hals würde ich dem Halunken umdrehen, wenn er mir das Mädchen wieder abwendig machte, um dessentwillen ich meine Jugendliebe, die Käthe Reulandt, sitzen ließ! Du weißt, der Reulandt´sche Hof liegt dem unseren schon seit drei Jahrhunderten in der Jakobsgasse gegenüber. Käthchen Reulandt und ich spielten als Kinder zusammen, waren auch später unzertrennlich und so gut wie versprochen. Die Väter nur meinten, wir seien beide noch zu jung zum eigenen Hausstand. Da sah ich Jutta, die eben aus der Erziehungsanstalt der Schwestern zu Marienberg zurückkehrte, und war wie verzaubert. Ich dachte an nichts anderes mehr, als an sie. Für Käthe tat´s mir leid, aber ich konnte nicht anders. Welche Gewalt das schöne Mädchen über mich hat, siehst Du daraus, daß diese nervigen Fäuste, die Schwert und Lanze so leicht zu führen verstehen« – Kunzen´s Stimme wurde fast weinerlich – »Garn hielten. Es muß ein Anblick zum Erbarmen gewesen sein! Daß der Zierbengel von Merode aus dem Hof in der Banthusstraße mit seinen zitterigen Händen solche Frauenarbeit tut und sich dabei noch einbildet, hoch in Jutta´s Gunst zu stehen, ist ja kein Wunder. Was der Wittgenstein darüber dachte, und was er überhaupt meint, weiß ich nicht; er tut immer sehr vornehm und schweigt; man wird nicht klug aus ihm. Übrigens schaut der auch die kleine Getrud von Hontheim aus dem Hause ›Zum Horn‹ in der Brückenstraße, mit der man ihn versprochen wähnte, nicht mehr an, seitdem er täglich in die Königsburg pilgert. Doch was geht mich diese Sache an! Hier sind wir an der alten ›Steipe‹. Komm, laß uns darin einen Humpen guten Weins zum Willkommen leeren, auf daß ich meinen Ärger hinunterspülen und wieder froh werden kann.«

Es war Dankmar unmöglich, der Aufforderung des Jugendfreundes zu folgen. Er entschuldigte sich mit dringender Arbeit und ließ den braven Kunz Umbscheiden von Ehrenkron sein schweres Leid allein in die gastliche Steipe tragen. Er schritt mit schwindelndem Kopf der väterlichen Burg zu, wo selbst er aber nicht sein Gemach, sondern den jetzt einsamen, noch kahlen Park aufsuchte und darin rastlos auf- und niederwandelte.

VII. Gewitterschwüle

Der wonnige Mai war mit aller Blütenherrlichkeit in das traute Moseltal, in das schöne trierer Land hereingekommen. Vater Spee sang in seiner Klause:

»In lauter grünen Seiden
Mit aller Zierlichkeit
Tut sich die Erde kleiden
Zur schönen Frühlingszeit.
Die Pflänzlein in den Feldern
Zieh´n an ein lieblich Kleid,
Die Zweige grün in Wäldern
Ersteh´n in Herrlichkeit.«

Dem blühenden Lande in seiner Lenzens Schönheit sah man die Bedrückungen nicht an, welche ihm der Kurfürst Philipp Christoph nach dem am 18. Mai 1634 unter Einwirkung der französischen Besatzung abgehaltenen Landtage zu Trier aufs Neue zu teil werden ließ. Zu den alten und neuen Steuern fügte dieser Landtag noch den elften Teil alles wachsenden Weines und aller Früchte, den vierundzwanzigsten Teil von allem Wein, Vieh, fahrender Ware und liegenden Gütern, welche verkauft wurden, hinzu.

»Der Landesherr wütet in so empörender Weise gegen seine Untertanen, wie noch kein Feind bisher getan hat«, äußerte Herr von Zandt aufgebracht den beiden Kesselstatten gegenüber, die ihm nicht widersprachen. »Da seht, wie wenig Ursache ich hatte, mich zu freuen, als sie meinen Ludwig zum Domherrn wählten! Jetzt sitzt er seit Wochen schon mit dem ganzen vor dem Kurfürsten geflüchteten Kapitel in Luxemburg und wagt sich nur mehr verstohlen in seine Vaterstadt. Heute Abend ist er hier. Da wollen wir im vertrauten Freundeskreise wieder einmal beisammen sein und bei einem guten Trunke und vernünftigem Gespräch das Elend der Zeiten zu vergessen suchen. Euch hierzu in die Königsburg zu laden, bin ich gekommen. Alle Wetter! Dankmar, Junge, was hast Du gegen uns? Ich hoffe, Dich wie früher Tag für Tag in unserem Hause zu finden, sehe Dich aber niemals, und jetzt, wo ich Dich förmlich einlade, stehst Du da, als ob Du die Ohren voll Wasser hättest. Heraus mit der Sprache, was hält Dich von uns fern?« Dankmars Stirne verdüsterte sich noch mehr. »Ich mag dem Franzosen nicht begegnen, den man immer bei Euch trifft«, platzte er endlich unmutig heraus, gab aber damit nur die Hälfte seiner Gründe an. Seitdem er der schönen Jutta flüchtigen Sinn erkannt hatte, wollte er durch Fernbleiben sich davor retten, wieder von ihr gefesselt zu werden und alsdann womöglich die Herrschaft über seine Gefühle zu verlieren.

»Na, daß Du heute den Marquis nicht triffst, dafür habe ich gesorgt. Nur kaiserlich gesinnte Trierer werden bei meiner Abendtafel sein.« »Selbstverständlich kommen wir«, entgegnete Graf Casimir bestimmt, und damit war die Sache entschieden. Daß Dankmars Ahnung nicht ganz trügerisch war, sollte dieser am Abende erfahren.

Pünktlich um acht Uhr standen die beiden Grafen, als erste der Gäste, in der hohen Speisehalle der Königsburg. In diesem weiten schönen Raum hatte die Renaissance ihre schmückende Herrschaft gar freundlich geltend gemacht und das Herbe und Schlichte jener Zeit, in welcher die Burg erbaut war, verdrängt. Das helle Licht der mit vielen Wachskerzen besteckten Kronleuchter zeigte deutlich die köstlichen Schnitzereien und Bildwerke der bis zur Hälfte der Wand hinaufreichenden Holzbekleidung, deren Simse allenthalben metallblinkendes und farbiges Gerät trugen. Höher hinauf bis zur Decke waren die Wandflächen mit Fresken, lebend-großen Vorstellungen aus der biblischen Geschichte ausgemalt. Auch die durch Balken in Feder geteilte Holzdecke trug Gemälde, kriegerische Begebenheiten der alten Familie. Schwere, kunstvoll geschnitzte Eichenmöbel, eine mit schneeweißem Leinengebilde und kostbarem Geschirr bedeckte Tafel vervollständigten den Schmuck der Halle. An deren Eingang empfing der alte Freiherr die Gäste. »Da seid Ihr endlich, die Ersten und erst recht die Besten!«, so redete er die beiden Grafen von Kesselstatt an. »Die Weiber sollten heute eigentlich nicht mit dabei sein. Aber da der Ludwig hier ist, so mochte ich ihrem Zugegensein nicht so recht Widerstand leisten. Als meine Hausfrau gar hörte, daß Ihr mir zugesagt, zu kommen, war überhaupt keines Zurückhaltens mehr. Jutta auch erklärte, dabei sein zu müssen, und die kleine – nein, was sage ich? – die lange Isengard bat mich flehentlich, nicht im Kämmerlein bleiben zu müssen. Na, von dem, was wir Männer Wichtiges reden, plaudern sie nichts aus, die Drei haben gelernt, den Mund zu halten. Am besten versteht Isengard das Schweigen. Was in letzteres Geschöpf seit einigen Wochen hineingefahren ist, begreife ich nicht. Ich fürchte, wir behalten das Kind nicht mehr lange zu Hause. Wenn es doch noch seine täglichen Schelmenstreiche machen wollte! Aber nein, es sitzt über den Büchern und starrt ernsthaft ins Leere. Meine Frau behauptet sogar, es mache Gedichte. – Ja, komm nur herein, Ludwig, und sage meinetwegen auch den Frauenzimmern, sie möchten sich zeigen«, mit diesen Worten wandte er sich an den auf der Türschwelle sichtbar werdenden Domherrn, der rasch nähertrat und die beiden Herren mit großer Wärme begrüßte. Seine hohe, schlanke, in schwarzen Samt gekleidete Gestalt trug ganz die ausdrucksvollen, edel markierten Züge Isengards. Das war dieselbe dunkle, warme Färbung der Haut, dieselbe freie hohe Stirne, dieselbe glänzenden, schwarzen Augen unter dichten, schwarzgezeichneten Brauen, derselbe entschlossene und doch auch wieder schalkhafte Ausdruck um die roten Lippen. »Isengards Gesicht ins Männliche übersetzt!«, dachte Dankmar und wunderte sich, daß ihm das nicht früher aufgefallen war. In der nächsten Minute hatte er Gelegenheit, zu vergleichen. Das Ergebnis aber fiel zu Isengards Gunsten aus. Hatten ihn bisher seine Augen betrogen, oder hatte die allerletzte Zeit die junge Dame – so nannte er unwillkürlich Jungfer Isa heute – mit einem Zauber von Weiblichkeit umsponnen, der ihm an ihr neu war? Zart wie Blumenschmelz lag ein Hauch der Anmut und Lieblichkeit über ihrem ganzen Wesen; in ihren sonst so lebenssprühenden dunklen Augen lag nun ein träumerischer Ausdruck von weicher Empfindung. Befangen aber senkten sich diese schönen Augensterne vor seinem Blick. Mit wortreicher Begrüßung nahm die gute Frau von Zandt sogleich Dankmars Aufmerksamkeit auf eine Weile in Anspruch.

Da rauschte es leise; Königin Jutta schwebte hervor, lockend und gleißend wie die Verführung selber. Ein purpurn leuchtendes Samtgewand um schmiegte weich und schillernd ihre edlen Formen und zeigte, vom Halsausschnitt bis zum Saume geöffnet, das weißseidene, mit Goldblumen durchwirkte Unterkleid. Ein kostbarer Spitzenkragen, nach Sitte der Zeit im Nacken hoch emporstrebend, umrahmte den viereckigen Ausschnitt des Halses, an dem blitzende Brillanten funkelten. »Wahrlich, Gold und Edelsteine leuchten matt im Glanze dieser zauberischen Schönheit!«, dachte Dankmar. Er neigte sich tief vor der liebreizenden Jungfrau, feurig berührten seine Lippen die ihm dargebotene Hand. »Ich will Euch keinen Vorwurf darüber machen, daß Ihr so lange fernbliebet, denn ich bin allzu froh, daß Ihr endlich da seid, und möchte dieser Freude ohne bitteren Beigeschmack auskosten«, so flüsterte sie und schaute mit unwiderstehlichem Lächeln zu ihm auf. »So sähet Ihr gerne, wenn ich häufiger bei Euch verkehrte?«, fragte

Kesselstatt mit vor innerer Bewegung bebender Stimme. »Konntet Ihr daran zweifeln, Graf Dankmar?«, antwortete Jutta weich. Sie bot ihm aufs Neue die Rechte, und er umschloß ihre Hand fest und warm mit seinen beiden. Fast erschrocken aber entzog sie ihm die feinen Finger und strich verlegen das aschblonde Wellenhaar zurück, das Hals und Nacken umflutete. Wie es nun kam, daß Dankmar gleich darauf alles um sich her vergessen hatte und weltentrückt auf dem Polster im tiefen Erker, der ein abgeschlossenes Kämmerlein für sich bildete, allein mit Jutta dasaß, daß wußte er selber nicht. Des schönen Mädchens Anziehungskraft wirkte stärker und stärker. Er fühlte sich in ihrer Nähe so glücklich, wie nie zuvor, und schalt sich im Geiste recht herzhaft einen Narren, daß er solche Gunst bisher verschmäht hatte. Konnte er denn nach Jutta´s Gebaren daran zweifeln, daß er bevorzugter als alle ihre bisherigen Werber sei? Und nach dieser Erkenntnis wollte er das Glück, welches sich ihm greifbar darbot, mit rascher Hand erfassen. Er wollte Jutta seine Minne[19] enthüllen, sie bitten, die Seine zu werden. Eben als er seine Werbung anbringen wollte, wunderte Dankmar sich, daß Jutta den von Umbscheiden, den von Wittgenstein und den von Merode ebenso freundlich, mit ebenso bezaubernder Güte empfing, wie ihn. Warum ärgerte er sich, daß sie jetzt im Kreise ihrer eben erschienenen Verehrer blieb, anstatt wie bisher allein mit ihm im Erker zu plaudern! Hatte er sich vorher einen Narren gescholten, so tat er das jetzt noch viel mehr, ja, er vermeinte, sich vor sich selber schämen zu müssen, daß er sich wieder einmal am Narrenseile habe ziehen lassen, just wie die anderen alle, von denen ein jeder glaubt, sie als Braut heimzuführen.

Ach, hätte der Graf ahnen können, daß die flatterhafte, gefallsüchtige Schöne wirklich zum ersten Male ein

19 Verehrende Liebe eines höfischen Ritters.

tiefes, heißes Gefühl für einen Mann empfand, seitdem er selber ihr in den Weg getreten.

Als Herr von Zandt die Herrschaften zu Tische bat, sah Dankmar wohl Jutta´s verlangend und ermutigend auf ihn gerichtetes Augenpaar, dachte aber: »Ich will sie keinem streitig machen«, und schritt an ihr vorüber zu Isengard, um diese zu bitten, seine Tischnachbarin zu sein. Aus den reinen dunklen Augen dieses jungen Fräuleins sprach bei seiner Aufforderung so viel verschämtes Entzücken, daß Dankmar sich schon darum für seine Wahl belohnt fühlte. Wie viel mehr aber empfand er solches Gefühl während der Dauer der Tafel. Die jugendfrische Maid entwickelte so viel Geist, so viel Schelmerei und dabei so gesunde Ansichten über Welt, Menschen und Ereignisse, daß es ihm geradezu eine Erquickung war, ihr zu lauschen und seine eigenen Ansichten mit ihr auszuwechseln. Von Spee´s Gedichten war Isengard fast noch mehr begeistert als er; so bildeten diese Poesien ein unsichtbares Band zwischen ihnen.

Der Gegenstand der allgemeinen Unterhaltung war, wie es in jener Zeit kaum anders möglich, politischer Natur. Der Archidiakon[20], Graf Karl von Metternich, der mit Ludwig von Zandt aus Luxemburg gekommen war, sprach bekümmert davon, daß der Dompropst Husmann von Philipp Christoph seiner Pfründe[21] entsetzt worden sei, und der französische Kardinal Richelieu dieselbe Würde dankbar von dem Kurfürsten angenommen habe. Es verlautete, nach einem aufgefundenen Briefe des Stadtkommandanten de Bussy, daß Philipp Christoph sogar die Würde des Koadjutors dem gewaltigen Richelieu angetragen habe und zwar wortgetreu »als der einzigen Person, von der er bis zum letzten Augenblicke seines Lebens abhängig sein wolle, auch der

20 Stellvertreter eines Bischofs für Verwaltungsaufgaben.
21 Einkünfte aus einem kirchlichen Amt.

einzigen, die ihm seine Länder retten könne, und der er sein Leben verdanke.«

Diese Eröffnung machte gewaltiges Aufsehen. Beifällig nahmen alle die Nachricht auf, daß das Domkapitel beabsichtige, als Administrator des Erzstifts den Sohn des Kaisers, Erzherzog Leopold Wilhelm, oder den Kardinal-Infanten Ferdinand aufzustellen. Graf Dankmar erzählte, daß er auf seinen Gütern überall die junge Mannschaft in eifrigen Kriegsübungen beschäftigt finde. Philipp Christoph habe eine Anzahl kurtrierischer Feldwebel mit dieser Aufgabe betraut. »Die Leute aber, sobald sie hinreichend im Waffenhandwerke geschult sind«, vollendete er lächelnd, »entweichen in das Luxemburgische, statt in des Kurfürsten Scharen einzutreten.« »Ja, dort werden die Überläufer von uns mit offenen Armen empfangen«, bestätigte der Archidiakon. »Das Domkapitel, welches auf so schmähliche Weise genötigt ist, mit den Waffen in der Hand gegen den eigenen Erzbischof vorzugehen, um weitere Gewalttaten zu verhüten, rührt jetzt mit Entschiedenheit die Werbetrommel an der Grenze. Wir haben für die Errichtung von vier neuen Regimenten Bestallung ausgegeben.« »Eine hochwillkommene Nachricht!«, rief Herr von Zandt. »Jetzt gilt es, dem Landesbedrücker gegenüber sich der eigenen Haut zu wehren. Er ist ja schlimmer, als die Franzosen.«

Dankmar berichtete: »Der Verwalter unseres Hauses zu Koblenz kam heute persönlich, um uns von der tollen Wirtschaft auf unseren rheinischen Gütern in Kenntnis zu setzen. Er wollte ferner wissen, daß der Kurfürst mit dem französischen Kommandanten, la Saludie, vom Ehrenbreitstein in beständigem Harder liege, und daß er, um den unliebsamen Streitigkeiten zu entgehen, seinen ständigen Aufenthalt im alten Palast zu Trier nehmen wolle.« »So gnade uns Gott! Wenn der schwarze Unhold sein Zelt in unserer Mitte aufschlägt, so sind wir seiner Willkür noch schlimmer preisgegeben, als vordem«, wurden Stimmen von allen Seiten laut. »Umso mehr Grund, unsere Truppenwerbung mit größerem Nachdruck zu betreiben«, äußerte der Domherr Ludwig von Zandt.

Dankmar versicherte warm: »Ich werde auf meiner Reise durch den ganzen Kurstaat, welche ich morgen schon antrete, heimlich alle Kräfte aufbieten, Euch Mannschaften zu gewinnen.« »Brav, Graf Kesselstatt, wir danken Euch dafür!«, hieß es freudig überall.

»Ihr wollt fort, morgen schon?«, kam es wie im Schrecken von Isengards Lippen. Zugleich auch gewahrte Dankmar die Augen der schönen Jutta, welche nicht weit entfernt ihm gegenüber zwischen Wittgenstein und dem Freiherrn von Merode saß, mit ernster Spannung auf sich ruhen. Er zuckte die Achseln. »Kann ich denn anders, wenn Bote auf Bote mit Hiobsposten von unseren Besitzungen anlangt, wenn alle mich bestürmen, doch einmal selber nach unseren Gerechtsamen zu sehen!« »So möge Euch Gott auf Euren Wegen beschützen«, flüsterte Isengard innig.

Frau von Zandt hob jetzt die Tafel auf. Die Damen zogen sich zurück, nicht ohne von dem jungen Grafen besonders herzlich Abschied genommen und ihm Segenswünsche auf die Reise mitgegeben zu haben.

Die Herren fanden sich nun in zwanglosen Gruppen zu ernster eingehender Beratung zusammen. Die feurigen Saarweine, welche der Hausherr in unbeschränkter Freigebigkeit aus den Tiefen seiner Keller heraufbefördern ließ, bewirkten allmählich, daß die gar zu ernste, gedrückte Stimmung in eine zuversichtlichere, gehobenere sich verwandelte, und daß man auch anfing, freundlichere Gesprächsgegenstände als die politischen Verwickelungen zu wählen. Den Grafen Dankmar nahm Kunz von Umbscheiden in Beschlag. Dieser Riese hatte sich den ganzen Abend nach einem Menschen gesehnt, dem er die gemischten Gefühle seines Innern anvertrauen könne. Jetzt saßen die beiden bei einem Pokale edelsten

Schwarzhofbergers in dem traulichen Erker zusammen, in welchem Dankmar sich vor wenigen Stunden Jutta gegenüber so unbeschreiblich glücklich gefühlt hatte. Kunz tat einen tiefen Zug aus dem Pokale. »Wie grimmig mag der französische Stadtkommandant hier in der Königsburg sein, daß er heute von der Gesellschaft ausgeschlossen ist«, flüsterte er. »Den Ärger gönne ich dem eingebildeten Zierbengel, dem faden Lautenklimperer. Aber, beim Henker, ich möchte die Suppe nicht ausessen, die sich der Alte damit einbrockte, daß er dem Franzosen deutlich zeigte, seine Gegenwart sei ihm unerwünscht.« Kunz stärkte sich nochmals mit einem kräftigen Schluck, seufzte schwer und begann wieder: »Weiß nicht, an dem Mädchen, welches ich doch meine Braut nennen dürfte, werde ich irre. Wenn der geschniegelte Franzose nicht da ist, so liebäugelt sie mit dem Wittgenstein. Da sollte unser Einer nicht eifersüchtig werden!« Dankmar, den solche Erörterungen ungemein peinlich berührte, suchte ein anderes Gebiet der Unterhaltung; er lenkte ab mit der Bitte: »Lieber Kunz, erzähle mir doch endlich etwas von Deinen Eltern; ich habe sie seit meiner Rückkehr noch nicht gesehen. Wie geht es ihnen?« Mit dieser Frage geriet er aber vom Regen in die Traufe.

»Aha, Du wunderst Dich, daß sie heute nicht hier sind! Konnte mir solches schon denken. Die alten Leute zürnen dem ganzen Zandt´schen Hause, seitdem ich Jutta´s wegen das mir bestimmte Käthchen Reulandt nicht heiraten wollte. Sie behaupten, Jutta habe mir heimlich einen Liebestrank eingeflößt, oder auf andere Weise mich durch Zauberei an sich gelockt. Sie werden darin durch Käthe bestärkt, die steif und fest an Jutta´s Zauberkünste glaubt. Auch Gertrud von Hontheim, die mit Wittgenstein versprochen war, sagt, ihr Verlobter müsse durch Fräulein von Zandt behext sein.« Das halb mitleidige Lächeln, welches diese Eröffnungen Kunzens auf Dankmars Lippen hervorgerufen hatte, schwand rasch, als der Riese jetzt mit der Hand über die Stirne strich und kopfschüttelnd hinzufügte: »Ich kann mir nicht helfen, fast glaube ich, daß es Wahrheit ist, was die Weiber sagen, nämlich, daß ich verzaubert bin.« Kunzens sonst so sanft dreinschauenden Äuglein blickten stechend: »Das sage ich Dir, wenn Jutta den Franzosen oder den Wittgenstein nimmt und mich somit nur zum Spott herangelockt hat«, seine Stimme erhob sich drohend, »so zeige ich sie als Hexe an.«

Graf Kesselstatt entfärbte sich jäh: »Das tust Du nicht, bei Gottes Barmherzigkeit, das tust Du nicht, es würde zum Himmel schreien!«, rief er emporfahrend. »Sollen die Geschichtsbücher melden, daß die furchtbare, maßlose Hexenspürerei und Hexenverhandlung, welche im trierischen Erzstifte seit einigen Jahren eingeschlafen, wieder grausig aufgelebt sei durch Kunz von Umbscheiden, der mit seiner Brandfackel aufs Neue hunderte von Scheiterhaufen entfacht habe. Willst Du zu der allgemeinen Not und zu der kriegerischen Bedrängnis auch noch das Elend und das Verderben über uns beschwören, daß die besten Frauen und Jungfrauen unseres Landes der Folter und dem Holzstoße überantwortet werden?«

Unsicher flimmerte das Auge Kunzens zu Dankmar hinüber: »Du sprichst von Frauen und Jungfrauen, und ich meinte doch nur die Eine

»Jutta«, entgegnete er leise, fast schüchtern. In dem bleichen Antlitz Dankmars flammte es auf:

»Sollte Dich die Erfahrung nicht belehrt haben, solltest Du nicht wissen, daß ein Hexenbrand hunderte im Gefolge hat? Das lasse Dir gesagt sein, die Familie Reulandt hat wenig Ursache, Hexenbrände anzuschüren, endete doch vor vierzig Jahren der Großonkel Deiner Dich liebenden Käthe, Hans Reulandt, als Zauberer auf dem Scheiterhaufen, wahrscheinlich unschuldig, nur infolge seiner Freundschaft mit Dr. Juris Flade. Letzterer, kurfürstlicher Rat, Stadtschultheiß, Rektor der Universität und Hochgerichtspräsident, hatte schon manches als Zauber und manche als Hexe verurteilt, da traf ihn selber das Verhängnis, von einem der Gefolterten als Mitschuldiger angegeben zu werden. Nun, das mußt Du wissen: Angegeben, gefoltert und nach drei Tagen verbrannt zu werden, bedeutet ein und dasselbe.«

Kunz Umbscheiden von Ehrenkron reckte sich empor, als er nun sprach: »Bei der Verurteilung des Stadtschultheißen und Universitätsrektor Flade, sowie später dessen Freundes Johannes Reulandt hatte unser heutiger Gastgeber, der Statthalter Johannes Zandt von Merl, als Vorsitzender des Gerichts die Angeschuldigten im Verhöre zu prüfen und den Richtspruch zu überwachen.« Dankmar zwang sich zu scheinbarer Ruhe, als er entgegnete: »Und da die Beschuldigten von den Ratsschöffen, wie das ja nicht anders sein konnte, zum Feuertode verurteilt wurden, so müssen die Reulandts jetzt selbstverständlich an denen von Zandt Rache nehmen!«, Dankmars Lippe kräuselte sich verächtlich.

»Wenn Jutta alle Männerherzen bezaubert, so verdient sie die Anklage der Hexerei, ich gönne der Falschen die Strafe«, warf Kunz wie ein trotziger Junge hin. Graf Dankmar legte beschwichtigend die Hand auf die geballte Faust des Riesen: »Mein lieber Kunz, ich setze den Fall, das schöne Fräulein habe mit Wissen und Willen Dein ehrliches Herz erobert und zöge dann nachträglich einen anderen zum Ehegemahl vor, hätte sie darin anders gehandelt, als Du selber es der kleinen Käthe gegenüber für gut befundest?«

Umbscheiden von Ehrenkron zog die Faust zurück und senkte den Kopf. »Alle Wetter, daran habe ich noch nicht gedacht; aber das ist doch was anderes«, brummte er. »Ja, freilich, Du naiver, großer Kindskopf, das ist was anderes, Du fühlst nur Dein eigenes Leid«, sagte Dankmar und fuhr dann in tiefem Ernste fort: »Fräulein Jutta von Zandt ist außerordentlich schön und, das gebe ich zu, vielleicht auch außergewöhnlich gefallsüchtig und bestrickend. Ihr abergläubischen, denkträgen Menschen müßt aber alles Außerordentliche, Euch Befremdende böse Zaubergewalten zuschreiben.«

Kunzens großes Haupt hob sich hastig. »Du scheinst ja allein der Überlegene, der Aufgeklärte zu sein«, machte er einen schwachen Versuch zu spotten.

Dankmar schaute vor sich hin. »Ja, früher dachte ich über Zauberei, wie viele Menschen heutigen Tages. Seitdem aber Pater Spee – dem Namen und dem Ruf nach kennst Du den Hexenpater, der in Würzburg hundert und aberhundert Opfer zum Scheiterhaufen geleitete – seitdem dieser ehrwürdige Pater mir sagte: ›Feierlich schwöre ich, daß unter den zweihundert verurteilten Hexen, die ich zum Tode vorbereitete, ihre Bekenntnisse entgegennahm und zum Scheiterhaufen geleitete, nicht eine war, die ich schuldig hätte nennen können‹, ja seitdem bin ich, wie Du Dich ausdrückst, ein Aufgeklärter.« Und nun begann Graf Kesselstatt anfänglich bedächtig, dann immer lebhafter und erregter dem Freunde die Schilderung wiederzugeben, welche einst Pater Spee entworfen hatte von der ersten Hexe, die er zum Tode geführt, von der Babelin Gobel, die in Würzburg alle Männer bezaubert haben sollte und dann unschuldig verbrannt wurde.

Das Haar des braven Kunz Umbscheiden von Ehrenkron sträubte sich. »So gib mir Dein Wort, daß Du nichts gegen Jutta unternimmst.« »Da hast Du mein ehrliches Wort und meine Hand darauf«, rief Kunz und schlug so derb in die dargebotene Rechte des Freundes, daß alle aufmerksam wurden.

Der Handschlag war gleichsam das Zeichen zum allgemeinen Aufbruch der Gäste, die sich mit sehr verschiedenen Gefühlen, jedoch ohne Ausnahme kriegerisch viel zuversichtlicher gemutet, als sie gekommen waren, nach allen Richtungen zerstreuten.

Jutta stand erregt am Fenster, sie konnte nicht schlafen. Heute war alles anders als sonst. Ihre Gedanken weilten bei Graf Dankmar von Kesselstatt. Wenn er bei seinem Heimgange doch nur ein einziges Mal nach ihrem Fenster sehen wollte. Nein – er tat es nicht; die hohe edle Gestalt schritt davon, ohne umzusehen. Schmerzlich bewegt barg Jutta das Gesicht in den Händen.

Horch, da tönten zarte weiche Musikklänge durch die Nacht. Ach, Marquis de Bussy ließ wieder ein Ständchen bringen! Sie hob das schöne Haupt und lauschte. Wie ungewöhnlich klang das, wie feierlich, wie ernst! Träumerisch gab sie sich einem Zauber hin, welchen edle, weihevolle Klänge auf ihr Gemüt ausübten. Diese Musik erinnerte an das Geläute der Kirchenglocken und stimmten ihre Seele unwillkürlich zur Andacht. Jetzt aber, o Wunder, hob ein herrlicher voller Männerchor zu singen an. Sie vernahm deutlich die Worte:

»Wohl auf, wohl auf, Du edles Blut,
Gott will zu Dir sich kehren!
O Sünder, fasse Herz und Mut,
Hör´ auf, die Sünd´ zu mehren
Wer Buß´ zu rechter Zeit verricht´t,
Der soll in Wahrheit leben;
Gott will den Tod des Sünders nicht.
Wann willst Du Dich ergeben?
Tu´ auf, tu´ auf, glaub´ mir fürwahr,
Gott läßt mit sich nicht scherzen.
Dein´ arme Seel´ steht in Gefahr,
Es wird Dich ewig schmerzen
Kehr´ um, kehr´ um von Deinem Pfad,
Reiß´ ab der Sünde Banden;
Ich schwöre Dir, bei Gottes Gnad´,

Erbarmen ist vorhanden.
Geschwind, geschwind, all´ Uhr und Stund´
Kann uns der Tod ereilen,
Kann jederzeit Dich machen wund
Mit seinen scharfen Pfeilen.
Wen er nicht trifft zur Gnadenzeit,
Wär´ besser nie geboren;
Wer, wenn er scheidet, nicht bereit,
Ist ewiglich verloren.«

O, wer nur schildern könnte, was Jutta bei diesem Gesange empfand! Der Genius heiliger Musik sprach mächtig zu des Weltkindes Seele. Die feierlich erhabene und dennoch wieder so weich und lieblich zu Herzen dringende Melodie des Bußliedes schienen Engelstimmen zu singen. Es übte eine überwältigende Wirkung auf Jutta aus, es erfüllte ihre Seele mit einem so hohen Gefühl der Andacht, der Wehmut und des Reueschmerzes, wie sie bisher niemals kennen gelernt hatte. Sie faltete wie ein frommes Kind die Hände und richtete Augen und Herz zu den Sternen empor. Als der letzte Akkord leise verklungen war, weinte sie kostbare Tränen der Reue. Der irdische Schleier entwich vor ihren Augen, im Geiste kniete sie vor Gottes Thron, und ihr war die Fähigkeit verliehen, in sich selber Einkehr zu halten. Die Selbstprüfung war ernst und schonungslos. Jutta faßte in diesen Stunden heilige Entschlüsse. Als sie endlich in später Nacht sich von den Knien erhob, leuchtete ihr Auge; sie feierte herrlichen Sieg über sich selber. Pater Spee´s auf diese ungewöhnliche Weise angebrachte Mahnung war nicht vergebens an das Ohr und an das Herz des schönen Weltkindes gedrungen.

VIII. Der schwarze Kurfürst

Unweit des trierischen Sankt Peter-Doms, der ältesten Kirche diesseits der Alpen, erhob sich auf freiem Platze in düsterer Majestät die von den Römern erbaute Gerichtshalle, die Konstantinische Basilika. Die Stürme der Völkerwanderung hatten den Prachtbau längst einer Ruine ähnlich gemacht, als fünfhundert Jahre vor Philipp Christoph ein trierischer Erzbischof das kühne alte Gebäude zu seinem Wohnsitz umschuf. Philipp Christoph von Sötern suchte manches von der alten Pracht wiederherzustellen, fügte mächtige Seitenflügel an das Hauptgebäude und nannte das Ganze »Petersburg« nach dem Patron der Domkirche. So machte die kolossale Bischofsburg, an der manches Jahrhundert seine Baukunst versucht hatte, zwar keinen einheitlichen, jedoch einen eigenartig imposanten Eindruck. In ihrer düsteren Erhabenheit war sie ein Denkmal von der ehemaligen Größe der alten Kaiserstadt. Der Park vor dem Palaste breitete sich an der Stelle des römischen Forums aus, dehnte sich bis zum Alttore, den mächtigen Ruinen des ehemaligen Kaiserpalastes.

Es war im Hochsommer. Durch die schattigen Wege des Parkes strebte in glänzender Prunkrüstung der französische Stadtkommandant, Herr Marquis Charles Lameth de Bussy, dem Palaste zu. Von dem Kurfürsten, der vor wenigen Stunden hier anlangte, war er eiligst in die Petersburg gerufen worden. Welch ein Leben herrschte in dem bisher so still, fast verödet dar stehenden Gebäude! Vor dem Portale stand eine Wagenburg mit Gepäckstücken, ein geschäftiger Dienertroß tummelte sich hin und her und entfaltete gewaltige Rührigkeit im Säubern und Ausschmücken aller Säle, Gemächer und Gänge des weitläufigen Palastes.

Marquis de Bussy schüttelte lächelnd den Kopf. Welch ein ruheloser, aufgeregter Geist mußte in Philipp Christoph leben, daß er ihn, den Kommandanten, schon in dieses Einzugs-Wirrsal zu sich entbot! Noch größer war sein Staunen, als der diensttuende Kammerherr, bei dem er sich meldete, ihm eröffnete, daß er augenblicklich nicht vorgelassen werden könne, da Serenissimus den widerspenstigen Adel und die rebellischen Ratsherren der Stadt Trier vor sich beschieden habe und die Herren soeben im Huldigungssaale empfange.

»Seine Kurfürstlichen Gnaden verrieten mir«, fuhr der dem Kommandanten vertraut befreundete Kammerherr fort, »daß es seine Absicht diesmal nicht sei, die Widerspenstigen ihrer Ämter zu entsetzen und ihre Rechte, sowie ihrer Habe und Güter zu berauben, wie er das bisher mit Rebellen immer gehalten habe. Nein, er wolle die stolzen Herren nur demütigen, daß sie kniefällig um Verzeihung bitten müßten, dann wolle er sie mit Ermahnungen entlassen.«

»Solche mildere Handlungsweise würde ich Serenissimo auch angeraten haben, wenn er mich vorher gefragt hätte«, äußerte de Bussy kopfschüttelnd. »Es gärt im ganzen Erzstift, hier und da lodert die Flamme der Empörung schon offen gegen den Landesherrn hervor.« »Ich weiß, ich weiß«, nickte der Kammerherr. »Schade, daß dieser hervorragende Geist nicht in friedlicheren Zeiten auf den Kurfürstenthron kam! Zu welch´ hoher Blüte hätte er mit seinem Scharfblick, mit seinem Organisationstalent dieses Land gebracht! Ich kann ihm trotz seiner Härte meine tiefe Hochachtung nicht versagen, denn die Rechte, welche er mit Trotz erstrebt, beansprucht der asketische, bedürfnislose Fürst nicht für sich und seine Familie, sondern für die Kurwürde, die bei seinem Tode ja auf einen ihm fremden Nachfolger übergeht.«

»Meines Bedenkens auf Seine Eminenz unseren Kardinal Richelieu«, sagte de Bussy heiter und zuversichtlich. Unter solchem Gespräch waren beide Männer durch schier endlos sich dehnende Gänge bis vor den Thronsaal gelangt. Im Inneren vernahmen sie des Regenten lebhafte, hellklingende Stimme: »Und so verzeihen wir Euch denn aus angeborener Milde und Clemenz, die Güte der Schärfe des Rechtes vorsetzend.« Marquis de Bussy kräuselte die Lippen und schaute, indem er mühsam ein Lächeln unterdrückte, vor sich nieder. Er kannte Philipp Christophs Redeweise; immer lebhaft, bündig, geistreich, immer mit der Absicht, den Zuhörer nicht zu blenden und hinzureißen, sondern vielmehr zu erdrücken. Er selber gehörte zu den Bevorzugten, den Vertrauten, in deren Kreise der Kurfürst in etwa die Härte ablegte und dann sogar ungemein liebenswürdig erschien.

Jetzt öffnete sich die Türe des Thronsaales. Mit düster gesenkten Stirnen schritten die adeligen Machthaber und die Ratsherren der Stadt an dem Kommandanten vorüber. Voll herzlicher Schadenfreude gewahrte letzterer unter den Entlassenen den Grafen Casimir von Kesselstatt und den Freiherrn Johann von Merl. Dann trat er vor in den Huldigungssaal.

Das hohe römische Gerichtsgebäude mit seiner flachen Decke war vor vielen Jahrhunderten schon in zwei Stockwerke geteilt worden. Der halbmondförmige Hintergrund im oberen Teil dieser Basilika mit seinen hohen Bogenfenstern und seinen mit goldener Mosaik ausgestatteten Nischen bildete nun den Thronsaal, der immer noch einen großartigen Eindruck machte. Aus den golden strahlenden Nischen, welche im Halbkreis den Thron umgaben, hoben sich die überlebensgroßen weißen Marmorbilder der römischen Kaiser ab, welche einst von Trier aus das Abendland beherrschten.

Auf den Stufen des Thrones stand hoch aufgerichtet Philipp Christoph. Purpur und Hermelin umwallte die hohe schlanke Gestalt. Seine tiefliegenden dunklen Augen funkelten fast unheimlich unter der mächtig vorragenden Stirne, unter den gebieterisch vortretenden düsteren Brauen. Um seine feinen, von spitzem, schwarzem Bart umrahmten Lippen lagerte ein sarkastischer, fast hochmütiger Zug. Die schmale, steile Nase, die hohe kahle Stirn, die Lederfarbe des charakteristischen, scharf geschnittenen Antlitzes, die ganze majestätische Erscheinung gemahnte den Marquis, dem eine klassische Erziehung eigentlich nicht zuteil geworden, der aber ein künstlerisch ausgebildetes, schönheitsempfängliches Auge hatte, an seinen Helden, an Julius Cäsar. Erst neigte Charles Lameth de Bussy sich tief, dann rief er mit der ihm angeborenen Keckheit: »Behaltet diese Stellung, mein Fürst! So möchte ich Euch modelliert sehen und Euer Herrscherbild an Stelle des mittelsten der Cäsaren setzen.« Ein kaum sichtbares Lächeln umspielte die farblosen Lippen des Kurfürsten. »Lasset solche Tändeleien, mein lieber Marquis«, eine geringschätzige Handbewegung vervollständigte den Satz. »Versichert mich lieber Eures kriegerischen Schutzes, um dessentwillen ich Euch rufen ließ. Bei Eurem Kammeraden, dem ungeschliffenen Kommandanten la Saludie auf Ehrenbreitstein, konnte ich es nicht länger aushalten, deshalb kam ich hierher.« Philipp Christoph stieg die Thronstufen herab und bot dem Franzosen die seine, schlanke Rechte zum Kusse dar. Dieser zog die schmalen Finger an seine Lippen und erklärte lebhaft: »Wenn Eure Kurfürstlichen Gnaden mich nicht hierher hätten entbieten lassen, so wäre ich selber um eine Audienz nachgekommen. Auch ich halte es in meinem bisherigen Quartier nicht länger aus.«

Da bog der Kurfürst sich zurück und schaute halb forschend, halb belustigt in des jungen Franzosen Antlitz. »Ei, mein lieber Freund, so hättet Ihr Händel gehabt mit dem ehemaligen Statthalter, dem gestrengen Herrn Hans Zandt von Merl?«

»O weiter nichts, als daß der Freiherr mir auf nicht falsch zu verstehende Weise zeigte, daß er mich nicht liebe; bei Gelegenheit einer von ihm geladenen Gesellschaft schloß er mich geradezu aus.« Der Kurfürst lächelte. »Das war freilich zu stark für Euer Rittergefühl. Und das schöne Töchterlein gab Euch nicht noch zufällig obendrein einen zierlich geflochtenen Korb?« De Bussy starrte verblüfft empor.

»Vermögt Ihr in den Herzen zu lesen, Serenissimus? Ja, das Mädchen verschmähte mich, und ich danke dem Herrn dafür, denn sie ist eine Hexe. Ja, heute endlich konnte ich, gestützt auf viele Beweise und auf viele Zeugen, sie gefangen nehmen, just eben, als ihr Vater hier im Palaste war.«

Philipp Christoph erschrak. »Was sagt Ihr, Marquis? Ihr hättet eine der besten Töchter unseres Erzstiftes für den Scheiterhaufen bestimmt? Bedenkt die furchtbare Verantwortung!«, rief er finster und aufgeregt. Der Kommandant zuckte die Achseln. »Nun, vorläufig sitzt die schöne Jutta gefesselt im unterirdischen Kerkergewölbe des Rathauses, in dem Gelaß, welches man die ›Jungfrau‹ nennt. Da mag das zarte Jungfräulein sich ungestört mit ihrem höllischen Buhlen, dem Satan, beraten, was sie morgen auf der Folterbank aussage; denn freiwillig gibt sie nicht zu, daß sie Zauberkünste getrieben.« Philipp Christoph machte eine hastig abwehrende Bewegung. »Ich mag nichts davon hören, Marquis. Wenn der stolze Zandt von Merl ob seines trotzigen Widerstandes mir gegenüber auch eine Demütigung verdient, so dauert er mich dennoch tief, und ebenso das Mägdlein, welches ich nicht persönlich kenne. Wenn Ihr´s verantworten mögt, das Kind der Zauberei zu beschuldigen, so tut, was ihr nicht lassen könnt; aber verschont mich mit den Einzelheiten. Mein Stadtschultheiß, meine Doktoren der Rechte, meine juristisch gewandten Ratsherren werden gerechtes Urteil sprechen. Was geht´s mich an! Um endlich von dem zu reden, weshalb ich Euch rufen ließ: Ihr bleibt also selber zu meinem persönlichen Schutze im

Palaste, ferner verstärkt Ihr die französischen Besatzung in meiner Residenzstadt, und dann gebt Ihr Eure Hilfe zur Ausbesserung und stärkeren Befestigung der hiesigen Verteidigungswerke. Über das Nähere tauschen wir später unsere Meinungen aus.«

Der Marquis verbeugte sich schweifend zum Zeichen der Zustimmung und betrachtete sich als entlassen.

Am Abende desselben Tages, an welchem die eben geschilderte Szene in der Petersburg vor sich ging, kehrte Dankmar von Kesselstatt nach monatelanger Reise in seine Vaterstadt zurück. Mit stolzer Freude sagte er sich, daß seine Bemühungen nicht vergeblich gewesen. Auf den im ganzen Erzstift verzweigten Kesselstättschen Güter hatte er alles Verworrene geordnet. Mit größerem Glück aber erfüllte es ihn, daß er dem gegen Anmaßungen des Kurfürsten streitbaren, zu Luxemburg seßhaften Domkapitel ganze Scharen kräftiger Landleute angeworben und zugesandt hatte. Sein Vater, dem er in freudigem Hochgefühl von dem Erfolg seiner Reise berichten wollte, ließ ihn jedoch nicht zu Worte kommen. Er fiel sogleich nach der ersten Begrüßung in die Rede: »Unser Diener erzählte mir eben, in der Stadt raune man sich zu, Jutta von Zandt sei, als Hexe angeklagt, ins Gefängnis geschleppt worden.«

Dankmar taumelte förmlich zurück. »So wagt er es dennoch, der Elende!«, brachte er heiser hervor.

»Mein Gott, war es Dir schon bekannt, daß de Bussy die Absicht hatte, das schöne Mädchen der Zauberei zu beschuldigen?« Maßloses Staunen prägte sich auf des jungen Grafen Antlitz aus. »De Bussy tat das? Nein, ich meinte Kunz von Umbscheiden.«

Graf Casimir schlug entsetzensvoll die Hände zusammen. »So wird auch Kunz gegen das arme Kind aussagen! O, nun verzweifle ich an ihrer Rettung. Der Stadtkommandant hat um der Jungfrau Hand geworben, wurde aber ziemlich schroff von meinem Freunde Hans abgewiesen. Als der Franzose sich dennoch erdreistete, Jutta selber zu fragen, geschah ihm ein gleiches. Unserem guten Kunz mag Ähnliches begegnet sein. Doch vielleicht ist das Gerücht von der Gefangennahme ein falsches.«

»Ich werde uns Gewißheit verschaffen«, mit diesen Worten schloß Dankmar schon die Türe hinter sich und eilte in fliegender Hast noch gespornt der Königsburg zu.

Hier sagten ihm die betrübten, scheuen Mienen der Diener, welche er nicht zu fragen vermochte, mehr als genug. Schweigend ging er an ihnen vorüber, flog er die Stiege hinab zu dem Gemache, in welchem er die Familie zu treffen hoffte. Als ihm auf sein Anklopfen keine Aufforderung zum Eintreten zuteil ward, öffnete er dennoch stürmisch die Türe. Da saß der alte Freiherr allein; er stierte vor sich nieder und hob den Blick nicht, als Graf Kesselstatt eintrat.

»Lieber Onkel Hans, ich sehe, daß es Wahrheit ist, was wir vernahmen«, sprach Dankmar tief erschüttert. »Laßt den Mut nicht sinken und laßt uns beraten, wie wir das Unheil abwenden.«

Der Freiherr neigte das Haupt nur noch tiefer. »Mein Kind ist verloren«, sprach er dumpf. »Morgen wird sie gefoltert, und wie ich mein weiches an keine Schmerzen gewöhntes Töchterlein kenne, so wird Jutta bei den unerträglichen Qualen sogleich die angedichteten Verbrechen eingestehen und übermorgen zum Scheiterhaufen geschleppt werden. Das gerichtliche Verfahren wider Hexen und Zauberer braucht mich keiner mehr zu lehren. Nicht umsonst war ich neun Jahre lang Vorsitzender des Hochgerichts, und, glaube mir, nicht ohne Grund hängte ich die goldene Amtskette mitsamt meinen gerichtlichen Würden als Amtsmann zu Pfalzel und Grimburg und als kurtrierischer Statthalter an den Nagel.« In qualvollem Erinnern bedeckte der unglückliche Mann die Augen mit der Hand und murmelte tonlos: »Der Erste, den ich in meiner Eigenschaft als Statthalter vor nunmehr vierzig

Jahren verklagen, und gegen den ich das Inquisitionsverfahren eröffnen mußte, war mein Amtsvorgänger, der Stadtschultheiß und Rektor der Universität, Doktor Flade, der vordem selber so manchen der Zauberei Angeklagten zum Tode verurteilt hatte. Neun Jahre lang versah ich das schauerliche Amt, bis ich auf Erkenntnis des Gerichtes den unglücklichen Reulandt als Zauberer verurteilen mußte. Er war der Letzte, über den ich zu Gericht saß. Von plötzlichem Ekel, von Entsetzen gepackt, verzichtete ich auf alle juristischen Würden und lebte nur mehr meiner Familie und der Verwaltung meiner Güter.« Mit heftiger Bewegung schaute er händeringend gegen Himmel: »O, und jetzt – jetzt rächen sich die Reulandts. Käthe Reulandt war die Erste, welche mein armes Kind öffentlich der Zauberei beschuldigte. Jutta habe ihren früheren Verlobten, den von Umbscheiden, behext, sagt sie aus; auf Käthes Zureden folgte die kleine, blonde Gertrud von Hontheim deren Beispiel und gibt an, der von Wittgenstein sei von Jutta verzaubert. Auf diese kindischen Aussagen fußt der Marquis bei seiner Anklage, die nur dem Rachedurst entspringt. Doch, was rede ich noch länger; mein Kind ist verloren. O, daß alles vorüber wäre!« Dankmar legte seine Hand auf des Greises Schultern. »Gebt den Mut nicht auf, lieber Onkel; in mir lebt noch ein Fünklein Hoffnung, die Jungfrau zu retten.« Der Freiherr schüttelte den Kopf: »Wer einmal gefaßt wurde, entrinnet der Verurteilung nicht. O, wie mag mein armes Weib das Schreckliche ertragen!«

»Ich möchte mit den Damen reden. Darf ich zu ihnen gehen?«, fragte Dankmar.

Der alte Herr machte eine abwehrende Bewegung. »Während ich heute zum Kurfürsten befohlen war, hatten sie Jutta weggeschleppt. Mein Weib fand ich ohnmächtig bei der Rückkehr. Isengard allein hat den Kopf oben behalten, das starkmütige Mädchen ist um die Mutter beschäftigt. Am besten wäre es der freilich, wenn sie nie mehr erwachte. Mich hat Isa von dem Lager weggeschickt, und ich ging, denn der Anblick schnitt mir ins Herz, und ich war machtlos zu helfen.« »So will ich bei der Dienerschaft mich erkundigen«, sagte Dankmar und ging rasch hinaus.

Auf dem Vorplatze wollte die in Zandt´schen Diensten ergraute Lene an ihm vorüberschlüpfen; der junge Graf aber hielt sie an, um teilnehmend nach dem Befinden der Damen zu fragen. Die treue alte Seele fuhr mit der Hand über die Augen. »Ach Gott, Herr Graf, unsere arme gnädige Frau ist wieder zur Besinnung gekommen, und unser Fräulein Isa, das liebe Kind, ich weiß nicht, woher es den Mut nimmt, tröstet sie wie ein Engel und spricht ihr Zuversicht ein, obgleich sie selber keine Hoffnung hat. Das hilft freilich weiter nichts, als daß meine erschöpfte alte Dame jetzt eingeschlafen ist.«

Da öffnete sich die nächste Türe, in deren Rahmen stand Isengard. Die schwarzen Augen glänzten, dunkelrote Flecke brannten auf ihren Wangen; in ihrer fieberhaften Erregung sah die Jungfrau zum Entzücken schön aus. »Graf Dankmar, ich hörte Eure Stimme«, kam es leise von ihren Lippen. Sie schritt rasch auf ihn zu und umklammerte bebend mit beiden Händen seinen Arm. Aus den schönen dunklen Augen, die ganz nahe in die seinen schauten, brach ein Leuchten. »Gott sei Lob, daß Ihr endlich da seid, der Himmel sandte Euch! Dankmar, ich weiß, Ihr werdet mir helfen, sie zu retten.«

Ein eigentümlich warmes Gefühl, ein inniges Erbarmen überkam den jungen Grafen, als das schöne Mädchen so hilfesuchend und zitternd wie ein Kind sich an ihn schmiegte. Zu reden vermochte er nicht. Seine Hand glitt beruhigend über ihr seidiges Lockenhaar. Ohne zu wanken, hatte Isengard heute das Übermaß der Schrecknisse vorübergehen lassen, sie mußte sich ja aufrecht halten um ihrer Eltern Willen, unter der liebkosenden Berührung des Freundes aber brach ihre gewaltsame

Fassung zusammen. Jede Form vergessend, lehnte sie ihr Haupt an seine Schulter, und ihren Körper erschütterte krampfhaftes Weinen, die ersten Tränen, welche sie heute vergoß. Dankmar, aufs Tiefste bewegt, legte den Arm um das haltsuchende Mägdlein und flüsterte zärtliche Laute des Trostes und inniger Besorgnis. Am liebsten hätte er sie in heiß aufwallender Empfindung an seine Brust gezogen. Er wußte es nun, er empfand es in diesem Augenblicke tief, daß dieses warmfühlende liebe Kind mit dem in ruhigen Tagen so sonnigen Gemüt, mit der in Leid so starken Seele sein Herz gefangen hatte. Es war nicht die Erinnerung an die schöne oberflächliche Jutta, sondern das traute Bild der sinnigen Isengard, welches ihn auf der langen Reise begleitet hatte. Jetzt hielt er sie in seinem Arm, fühlte er den lebhaften Schlag ihres Herzens. Auch sein Herz pochte stürmisch, sein Blick ruhte mit dem Ausdruck unbeschreiblicher Zärtlichkeit auf der Weinenden, doch seine Lippen verrieten nichts von dem, was ihn bewegte. Wie hätte er auch in dieser Stunde von anderem reden dürfen, als von dem grausigen Ereignis, welches dieses starkmütige Mädchen so überwältigt, daß es schwach und selbstvergessen an seiner Schulter ruhte, von seinem Arm sich umschlingen ließ.

»Mut, teures Kind, Jutta muß gerettet werden«, sprach er jetzt lauter.

Der hellere Klang seiner Stimme gab ihr die verlorene Fassung, die Tatkraft wieder. Alle Schwäche schien von ihr gewichen, als sie jetzt rasch sich aufrichtete und seinem Arm sich entwand; aber der ihre ganze Seele erfüllende Gedanke an das drohende Unheil ließ auch das kleinlichere Gefühl der Beschämung und Verwirrung über ihr freilich nicht sittengemäßes Anschmiegen an den Freund nicht aufkommen. »Wir haben keinen Augenblick zu verlieren; kommt mit zum Vater, daß wir gemeinsam beraten«, rief sie feurig und zog ihn an der Hand ins Wohngemach.

Graf Kesselstatt, der kaum wußte, wie ihm geschah, sprach lebhaft: »Ich möchte zu Vater Spee eilen. Der geistvolle, beredte Mann mit seiner hohen Gelehrsamkeit, mit seinem engelgleichen Wesen gewinnt vielleicht Einfluß auf Philipp Christoph.«

»O, nehmt mich mit!«, rief Isengard flehentlich. »Was Ihr zu Jutta´s Rechtfertigung nicht vorbringen könnt, weiß ich.«

»Ihr wollt mich begleiten? So kommt, laßt uns eilen! Der Pater muß heute noch unterrichtet werden, denn es gilt Leben oder Tod«, rief Dankmar. Isengard warf ein Spitzentuch über Kopf und Nacken.

Gleich darauf öffnete der Kastellan dem schönen, stattlichen Paare die Haustüre, und sie schritten gemeinsam auf die Straße. Das Mädchen schauerte zusammen, als das Rathaus ihnen gegenüberstand, in dessen unterirdischem Verließ die Schwester schmachtete. Unwillkürlich legte sie ihre Hand auf den dargebotenen Arm des Grafen, der sie nun sorgsam führte. Lange sprach keiner ein Wort, bis Isengard endlich mit tränenerstickter Stimme begann: »Ach, welche Wandlung war mit der heiteren, lebenslustigen Jutta vorgegangen! Glaubt mir, Graf Kesselstatt, wenn Ihr sie in den letzten Wochen gesehen, so hättet Ihr sie im Wesen nicht wiedererkannt. Es war, als ob sie ahne, was ihr bevorstehe. Sie war so still geworden, so ernst und nachdenklich. Sie las mit wachsender Begeisterung Pater Spee´s geistliche Lieder und ging, ihrer früheren Gewohnheit entgegengesetzt, häufig zur Messe; doch im Kreise ihrer Verehrer, von denen sie sich sonst in übermütiger Stimmung so gerne den Hof machen ließ, zeigte sie sich nicht mehr. Das mochte den Franzosen, der sich Hoffnung auf ihre Hand machte, wohl zum Äußersten, zu der Anklage gereizt haben. Und denkt Euch, Graf Kesselstatt, – o, ich bin ganz außer mir – meine kleinen, kindlichen Neckereien, an denen ich bis vor kurzem noch meine herzliche Freude hatte, bieten nun eine weitere

Handhabe zum Beweis von Jutta´s Zauberkunst. Es wäre zum Lachen, wenn es nicht so furchtbar, so todestraurig wäre. Sie behaupten, meine Schwester habe das böse Wetter gebraut und sich zu Hause darin geübt, denn man sei selbst unter blauem Himmel beim Vorübergehen an der Königsburg niemals vor Regentropfen sicher gewesen. Und ich Törin lachte darüber, daß die Leute den Schirm aufspannten, wenn ich sie aus sicherem Versteck mit meiner Blumenspritze traf. Dann sagen sie aus, man hätte vor unserem Hause nicht selten Säckchen mit Goldstücken gefunden, wie die Handelsleute und die Juden sie im Gurt tragen, der Inhalt aber habe sich während des Heimganges in flache Steine verwandelt. Glaubt mir, Herr Graf, ich habe kein Goldstück in die Säckchen getan, welche ich auf die Straße warf, sah aber oft mit inniger Freude, wie die Leute gierig auf den vermeintlichen Schatz losstürzten, den Sack unbesehen einsteckten, um ihn, so malte ich mir mit Ergötzen aus, später hinter Schloß und Riegel zu öffnen. Die Enttäuschung wird freilich groß gewesen sein. Darum soll nun die unglückliche Jutta das Volk mit Zauberkünsten geäfft haben.«

Im Kollegium der hl. Dreifaltigkeit läutete eben um neun Uhr die Glocke, welche die Jesuitenväter mahnte, ihr Lager aufzusuchen, als zum maßlosen Staunen des Pförtners das junge Paar noch Einlaß begehrte und in dringender Angelegenheit den Pater Spee sogleich zu sprechen verlangte.

Auch der Pater war nicht wenig erstaunt und betroffen über den späten Besuch. Ungewöhnliches mußte diese beiden zu so ungewöhnlicher Stunde zusammen hierhergeführt haben. Eine bange Frage lag beim Eintreten in seinen milden Augen. Wie furchtbar, wie erschütternd für ihn wurde sogleich die unausgesprochene Frage beantwortet! Totenbleich rief er aus: »Gott im Himmel erbarme Dich! Hilf mir das arme Kind zu retten. Die schrecklichen Hexenbrände dürfen hier nicht wieder aufgeschürt werden. Nein, ich werde alles aufbieten, das zu hintertreiben. Noch in dieser Stunde eile ich zum Kurfürsten. Um Gottes und der Gerechtigkeit willen muß er mir Gehör geben. Ich werde zu ihm dringen und wenn es an sein Lager wäre, keine Macht der Erde soll mich zurückhalten. Gehet nach Hause, meine Kinder, und betet, daß meine Sendung nicht erfolglos bleibe.«

In furchtbarer Aufregung eilte der Ordensmann mit beflügelten Schritten davon.

Hexen beim »Wetterzauber« – Gemachtes Wetter und Hexenglaube waren bis ins 17. Jahrhundert die häufigsten Erklärungen für Unwetter wie beispielsweise Hagel. Dementsprechend suchte man in der Bevölkerung nach Hexen und Zauberern. Fand man sie, wurden sie meist hingerichtet.

IX. Cautio Criminalis

Als Graf Kesselstatt mit Isengard wieder an der Königsburg angelangt war, sprach die Jungfrau ihm ihren feurigen Dank aus und fügte hinzu: »Ich will tun, was Vater Spee angeraten hat, ich will in meinem Kämmerlein inbrünstig beten.«

Dankmar verließ sie hierauf, und sie tat, wie sie sagte, kniete auf dem Schemel vor dem Bilde der Madonna nieder und richtete ihre Augen hilfesuchend auf die Mutter des Herrn und auf das göttliche Kind, das ihr erbarmend beide Händchen entgegenzustrecken schien. Trost und Beruhigung kamen in diesem Gebete über ihre bedrängte Seele. Dankmar strebte eilig der Kesselstättischen Burg zu. Es trieb ihn an, dem Vater, der längst in Sorge und Aufregung seiner Rückkehr harrte, über alles Vorgefallene Bericht zu erstatten.

»Beim gnädigen Herrn ist ein fremder Gast, dem er viel Ehre erweist«, meldete ihm zu seiner unliebsamen Überraschung der Kastellan. Unerwünschter, störender konnte der Besuch eines Fremden niemals sein, als in dieser Stunde. Seine Mienen verfinsterten sich unwillkürlich. Als er dann aber eine mächtige etwas phantastisch aussehende Männergestalt mit gewaltigem rotem Bart gemütlich neben seinem Vater auf der Lederbank sitzen sah, da flog es wie lichter Sonnenglanz über seine Züge. »Täuschen mich meine Augen, oder seid Ihr´s leibhaftig, Herr Tyle?«, rief er in freudigem Staunen. Der Gast lachte. »Ich bin´s mit Leib und Seele – der tolle Tyle! Mich wundert´s nur, daß Ihr trotz aller Drangsale, die ich von den Schweden erduldet, mich wiedererkennt. Das ist heute eine heillose Wirtschaft im Hildesheim´schen Stift. Doch bevor ich davon erzähle und Euch sage, wie ich hierhergekommen bin, berichtet Eurem Herrn Vater, mit dem ich, wie Ihr seht, schon bekannt wurde, von dem Ergehen Eurer Freunde.«

Die Männer schüttelten sich zur Begrüßung die Hände, dann kam Dankmar ungesäumt der Aufforderung des ehemaligen Predigers nach und schilderte mit fliegenden Worten, was er soeben erlebt.

Herr Tyle sagt kopfschüttelnd: »Das steht, so fürchte ich, schlimm für die Jungfrau. In letzter Zeit hatte ich häufig genug Gelegenheit, den Verlauf von Hexenprozessen zu beobachten. Angeklagt und hingerichtet bedeutet ein und dasselbe. Was die Hexenverfolgung im Allgemeinen angeht, so hat zwar keine Religionsgesellschaft ein Recht, irgendeiner anderen darüber Vorwurf zu machen; aber Luther sah ja überall den Teufel, nannte die Papisten ›vom Teufel Besessene‹, und der Schwedenkönig Gustav Adolf richtete den ersten Artikel des schwedischen Kriegsrechtes gegen die Zauberer; derselbe lautet also: ›Mit Abgöttern, Zauberern und Waffenbeschwörern, und wer mit Zauberei umgeht, soll nach göttlichem und schwedischem Rechte verfahren werden.‹ Seitdem nun die Schweden in meinem Heimatlande hausen, sind die Hexenbrände da selbst unzählig geworden. Die bibelfesten schwedischen Herren klammern sich an die Schrift, worin es im 2. Buche Moses´, zweiundzwanzigstes Kapitel, achtzehnter Vers heißt: ›Die Zauberinnen sollst Du nicht leben lassen‹, und wiederum im dritten Buche Moses´, zwanzigstes Kapitel, siebenundzwanzigster Vers: ›Wenn ein Mann oder Weib ein Wahrsager oder Zeichendeuter sein wird, die sollen des Todes sterben.‹ Dabei bedenken sie aber nicht, daß der göttliche Erlöser, unser milder Herr Jesus, die Strenge der mosaischen Gesetze aufgehoben hat. Hierauf machte einst Vater Spee mich aufmerksam. Gebe Gott, daß es seiner Beredsamkeit gelinge, den Herrn Kurfürsten zum Erbarmen zu stimmen!« »Amen!«, sprach Graf

Casimir kräftig, und Dankmar rief: »Nun aber erzählet, wie es Euch erging, seitdem ich Eure Gegend verließ.«

»Na, Ihr könnt Euch denken«, begann Tyle, »daß ich, als die Schweden vor zwei Jahren brennend, sengend und plündernd heranrückten, nicht ruhig in Woltorp sitzen blieb, sondern alles das von meiner Habe flüssig machte, was ich nur vermochte, und dann nach dem festeren Hildesheim übersiedelte. Das öffnete nach nicht gar langer Belagerungsnot freiwillig den Schweden die Tore. Da wurde nun darin gehaust, zusammengeschlagen, geplündert und dem Erdboden gleich gemacht. Ein jeder Schwede hatte seine eigene Erfindung, die Leute zu peinigen. Später erzähle ich Euch eingehend von den haarsträubenden Grausamkeiten. Bald aber kam der Pappenheim und eroberte die Stadt wieder zurück. Die Freude währte kaum ein Jahr, da waren die Schweden wieder in Sicht, und dann begann das Elend ärger als zuvor. Zehn Monate lang dauerte die schreckliche Belagerung, darauf – das sind nun vier Wochen her, mir scheint´s eine Ewigkeit – darauf sah der kaiserliche Befehlshaber der Besatzung – Oberst de Suys Gryfort – sich gezwungen, die Stadt den Schweden zu übergeben. Ich hatte mich während der ganzen Zeit bei den Jesuiten aufgehalten. Seit Ende des vorigen Jahres war deren Schule geschlossen; die Lehrer und Brüder, ja, selbst je zwei und vier der Patres mußten abwechselnd auf den Wällen Wachdienste tun, ich half dabei, sowie in der immer dringender werdenden Krankenpflege. Die Kriegsbedingungen forderten nun, daß die Jesuiten Hildesheim räumen mußten, und alle Katholiken, die fortziehen wollten, durften auswandern, Ich ging mit; was sollte ich unter den Schweden? Am Tage vor unserem Auszug, es war gerade das Fest der heiligen Anna, wurde uns auf besondere Verwendung noch einmal die Sankt Annenkapelle auf dem Domfriedhofe geöffnet. Hier hielten die Verbannten ihren Abschiedsgottesdienst. Die Kapelle faßte die Zahl der Andächtigen nicht, der ganze Friedhof war mit schmerzlich Weinenden angefüllt.«

»Welch ein Bild tritt mir vor die Seele!«, rief Dankmar ergriffen. »Lieblicheres und Herzerhebenderes als den vom wunderbar schönen romanischen Kreuzgang umschlossenen stillen Domfriedhof mit der zierlichen Sankt Annenkapelle in der Mitte glaube ich nie gesehen zu haben, und da hinein ragt die vom nunmehr achthundertjährigen Rosenstock umrankte Apsis des Domes, jenes der Gottesmutter geweihten Tempels mit der goldenen Kuppel.«

»Die Kathedrale ist nun den Verkündern der neuen Lehre anheimgefallen«, berichtete der ehemalige Prediger trocken und fuhr fort: »Ich zog also schlechterdings am siebenundzwanzigsten Juli früh morgens mit den Jesuiten, den auswandernden Familien und der kaiserlichen Besatzung aus der Stadt und bot den Kaiserlichen meine Dienste an. Wenn ich auch das Waffenhandwerk nicht gründlich verstehe, so bin ich doch zu mancherlei zu gebrauchen. Ja, staunt nur, er schaute sich um, ob auch kein lauschender Diener zugegen, ehe er flüsterte – »in meiner Eigenschaft als geheimer kaiserlicher Sendbote führt mich mein Weg an Trier vorbei. Ich soll den kaiserlich-spanischen Truppen in Luxemburg und der Armee des trierischen Domkapitels da selbst eine tüchtige Ladung Waffen überbringen. Dieselben haben wir unter allen möglichen ländlichen Vorräten geborgen, die wir als Bauern verkleidet bald einzeln, bald zusammen weiterbefördern; an glaubwürdigen Vorwänden fehlt es uns nie. Mir selber war es unmöglich, an Trier vorbeizufahren, ohne Euch und Vater Spee zu begrüßen. Meine Wagenladung ließ ich draußen und verschaffte mir Einlaß durch List. Schade, daß ich nicht gleich hierbleiben kann! Meinem Freunde Spee kündigte ich lange schon an, daß ich sobald als tunlich bleibenden Wohnort in seiner Nähe, also in Trier, nehmen wollte.«

»Na, vielleicht laßt Ihr Euch in Luxemburg von dem trierischen Domkapitel anwerben und helft recht bald hier die Franzosen vertreiben; ein desto größeres Recht habt Ihr dann, Euch als Bürger seßhaft zu machen«, meinte Graf Casimir lächelnd.

Dankmar blieb einsilbig. Seine Gedanken schweiften von der Königsburg nach dem Gefängnis, von da nach Vater Spee und der Petersburg. Mit welchem Erfolg mochte der Pater bei dem Kurfürsten um Gnade für die Hexe flehen?

* * *

In seinem großen dürftig eingerichteten, kahl und unbehaglich aussehenden Privatgemach schritt Philipp Christoph ruhelos, rastlos auf und nieder. Ebenso rastlos drängten und jagten sich die Gedanken und Pläne hinter der hohen bleichen Stirne des Kurfürsten. Zunächst wollte er zu seiner größeren Sicherheit alle Unzufriedenen, alle Verdächtigen und Fremden aus der Stadt weisen lassen, dazu gehörten vor allem die auswärtigen Studenten und die Armen, welch´ letztere immer lauter murrten und ihn als den Urheber ihres Elends verschrien. Daß die Stimmung der einheimischen studierenden Jugend ihm noch ungünstiger war, als die der gegen ihn erbitterten Väter, wußte Philipp Christoph sehr wohl. Es galt daher, der männlichen Jugend das Zusammenrotten unmöglich zu machen, und so wollte er darum die Kollegien schließen lassen. Seine Gedanken beschäftigten sich auch lebhaft mit den Verteidigungsmaßregeln. Die Sankt Simeonskirche, die alte römische Porta Nigra, mußte ihrer ursprünglichen Bestimmung wiedergegeben, zu einem festen Verteidigungsbollwerk umgeschaffen werden. Die Stiftsherren von Sankt Simeon mochten alsdann das Novizenhaus der Jesuiten beziehen. »In der Tat, so geht es! Am besten wäre es, wenn ich die kaiserfreundlichen

Patres ganz aus dem Lande wiese, ihr Einfluß auf die Jugend und auf das Volk wird mir zu mächtig. Ja, die Jesuiten müssen fort und zwar ohne Aufsehen«, so beschloß er. Da trat leise, zaghaft der Kammerdiener wieder ein. Philipp Christoph zog unwillig die düsteren Brauen zusammen: »Du vergaßest, daß ich allein und ungestört bleiben will«, damit wandte er dem Eingetretenen den Rücken, um sein Auf- und Abgehen fortzusetzen. Gleich darauf prägte sich namenloses Staunen auf sein Antlitze aus. »Du stehst noch da, was heißt das?«

»Eure kurfürstlichen Gnaden verzeihen«, brachte der Diener zerknirscht und stotternd hervor, »aber der ehrwürdige Vater Spee aus dem Dreifaltigkeitskollegium läßt sich durchaus nicht abweisen. Er behauptet, Tod und Leben hänge davon ab, ob Serenissimus heute Abend ihn noch empfange. Er beschwor mich um Gottes Barmherzigkeit willen und zwar in so beweglicher Weise, daß ich trotz meines kurfürstlichen Herrn strengen Verbotes glaubte, hier eine Ausnahme machen und ihn anmelden zu dürfen.«

Es war ein arges Lächeln, welches um die schmalen Lippen des Herrschers zuckte. »Schau, schau, diese Herrn Jesuiten!«, dachte er. »Da haben wir ja gleich den mächtigen Einfluß vor Augen und somit die Bestätigung meiner Gedanken. Läßt sich mein alter, treuer Diener sogar verleiten, zum ersten Male wider mein Verbot zu handeln! Der dreiste Pater wird selbstverständlich heimgeschickt. Doch halt« – des Kurfürsten Neugierde wurde wach – »was für ein ungewöhnliches Ereignis mag den herbeigeführt haben?« Er überlegte: Pater Spee war ein hervorragend interessanter Mann, dessen Bekanntschaft zu erneuern schon der Mühe lohnte. »Lasse ihn eintreten«, sagte er ohne längeres Besinnen.

Beim Erblicken des Paters verschwand der sarkastische Zug, der Philipp Christophs Mundwinkel umspielte. Ja, der Kurfürst ging wie von unsichtbarer Macht gezwungen dem Ordensmanne entgegen und erwiderte unwillkürlich in stummer Hochachtung dessen Verneigung. Wie ein Prophet, wie ein von Gott begeisterter Seher stand der Priester im schlichten Gewande vor dem Herrscher. Ein schier überirdisches Leuchten flammte aus seinen blauen Augen. Er richtete den seelenvollen Blick auf Philipp Christoph und sprach: »Im Namen des allmächtigen Gottes komme ich, mein Fürst. Ich komme, um Gerechtigkeit und Gnade für eine der Zauberei Angeklagte, für eine Unschuldige zu erflehen.«

Ah, nun war Philipp Christoph unterrichtet von dem, was der Pater von ihm begehrte. Er atmete auf und entgegnete leichthin: »Ich weiß schon: Ihr meint das Fräulein Jutta von Zandt. Mein französischer Kommandant sprach mir von der unliebsamen Sache, einer Angelegenheit, in die ich mich nicht einmische. Es ist Aufgabe meines Statthalters und meiner Räte, den Fall zu untersuchen und nach bestem Gewissen zu richten.«

Da färbte leichtes Rot die bleichen Wangen des Ordensmannes, sein Auge brannte in zürnendem Feuer: »Ist das nicht, Gott erbarm´s, eine lustige Sache!«, rief er heftig und ohne Besinnen. »Fürsten und Herren wälzen alle Sorge von sich ab, um sie auf das Gewissen ihrer Amtsleute und Räte zu legen; diese aber tun desgleichen und werfen alle Verantwortung auf ihrer Herren Gewissen. Für wahr, ein schöner Kreislauf! Wer aber wird vor Gott verantworten müssen? – Wir alle, mein hoher Herr, treten einst vor den Richterstuhl der Ewigkeit; wenn dort jedes unnütze Wort verantwortet werden muß, was mag mit den Hirten geschehen, die solche blutige Taten zugeben unter der Herde, die ihnen anvertraut war, der Schar, welche der allmächtige Gott einst fordern wird von ihrer Hand?« Die Gestalt des Jesuiten schien zu wachsen, er hob den Arm feierlich zum Himmel. »Wehe den Fürsten, die, statt Völkerhirten zu sein, unmenschliche Gräuel beschützen! Mit Menschenblut darf man nicht Kurzweil treiben und Menschenhäupter nicht leichtsinnig wie Kegelklötze hinwerfen. Mein hoher Herr, ich beschwöre Euch bei dem Richterstuhle des Allwissenden, erwäget meine Mahnung!«

Den Kurfürsten durchschauerte es, denn er fühlte die Wahrheit, den Mut der Überzeugung in Spee´s ohne Menschenfurcht und Zagen gesprochenen Worte. Weit entfernt, dem fast allzu Kühnen zu zürnen, versicherte er ernst: »Da sei Gott vor, daß in meinem Erzstift der Zauberei Angeklagte ohne eingehende Prüfung zum Tode verurteilt werden. Doch ich selber kann nicht über jeden Einzelnen zu Gericht sitzen und darf darin, das seht Ihr ein, Herr Pater, auch keine Ausnahme machen.«

Spee schüttelte den Kopf. »Wer bei den heutigen Gerichtsverfahren einmal der Hexerei verdächtig angeklagt wurde, ist des Todes gewiß. Es ist nicht gut zu sagen, was ich in Würzburg alles erfahren habe. Da pries ich die Toten glücklicher, als die Lebenden und hielt für glücklicher als beide den, der noch nicht geboren und die Übeltaten nicht geschaut hat, welche unter der Sonne geschehen. Ich möchte um des barmherzigen Gotteswillen wissen, welcher Weg sich der Angeklagten, die ich für unschuldig halte, zum Entrinnen öffne. Mein erlauchter Fürst, hört: Jutta ist der Hexerei angeklagt, und es bietet sich sofort ein Verweis gegen sie; denn entweder zeigt sie Furcht oder Mut. Die Furcht ist ein Schuldbeweis, heißt es, ihr Gewissen klagt sie an. Der Mut aber ist auch ein Beweis gegen sie, denn dieser, so sagt man, ist ja allen Hexen ganz besonders eigen. Verteidiger findet das arme Kind nicht, denn jeder Anwalt würde fürchten, selber in den Verdacht der Zauberei zu geraten. Das widerfährt ja überhaupt allen, die in dieser Sache etwas reden und die Richter etwa zur Vorsicht zu ermahnen wagen, deshalb ist allen der Mund verschlossen, und die Federn sind stumpf geworden. Die Hexe wird gefoltert, damit sie die Wahrheit sage, oder vielmehr auf daß sie sich als Hexe anklage. Bekennen wird sie unter den Schmerzen der Tortur willig alles, was man ihr zur Last legt, alles, was Ihr nur zu hören begehrt; denn für die Gepeinigte verliert das Leben an Wert, und der drohende Feuertod ist für sie eine Erlösung. Man peinigt sie eben, bis sie bekennt oder stirbt. Selbstverständlich hat sie, nur einmal auf die Schnur gezogen, schon verhext, bezaubert, ihre arme bange Seele dem Teufel verschrieben und an allen satanischen Festlichkeiten teilgenommen. Die Hexenrichter freuen sich über ihre eigene Weisheit. Unter rasendem Jubel der Schlechtesten des Volkes wird die Hexe den Flammen des Scheiterhaufens überantwortet. Saget selbst, soll ich hier bei den Richtern auf Gerechtigkeit hoffen, oder tue ich besser, bei dem höchsten Herrn des Kurstaates, um Gnade und Erbarmen zu flehen, eine Unschuldige zu retten? Mir ward die Dämmerung längst zur Tageshelle, die furchtbare Gewißheit drängte sich mir auf, daß alle Verurteilten unschuldig seien, daß die teuflische Macht der Folter sie alle ins Verderben gestürzt habe. O, so übt Erbarmen, übt Gnade aus, statt vermeintlicher Gerechtigkeit!«

Philipp Christoph fragte ernst: »So glaubt Ihr also nicht, daß es Zauberer, Hexen und übernatürlich mit dem Satan Verbündete gebe?«

»Das sei fern von mir, ich leugne die Möglichkeit von Teufelsbündnissen nicht, sondern ich möchte nur das blutige und ungerechte Prozeßverfahren angreifen und behaupte, daß alle durch die Folter erzwungenen Bekenntnisse unwahr sind, ich möchte beweisen, daß mit Milde und liebevollen Ermahnungen zur Umkehr vom bösen Wege sich weit mehr Gutes stiften ließe, als mit den unzähligen Hexenbränden. Wir haben geistige Streitkräfte zur Bekämpfung geistiger Übel, diese mögen wider die Hexen streiten, nicht aber die Folter und der brennende Holzstoß. Allen, welche Besserung geloben, sollte Verzeihung gewährt, und sie alsdann zu den Ihrigen entlassen werden.«

»Ja, so, damit mögt Ihr freilich nicht ganz im Unrecht sein«, meinte Philipp Christoph erwägend.

»Welch einen großen Schritt haben wir mit diesem Eurem Zugeständnis in der gerechten Sache weiter getan!«, rief Friedrich von Spee lebhaft aus. »Hier nehmt dieses Buch, lest, prüft und überdenkt den Inhalt, es wird Euch Aufschlüsse über alles Zweifelhafte geben, denn es ist sehr gründlich von einem Manne verfaßt, der aus Erfahrung urteilt.«

Der Kurfürst las den Titel: »*Cautio criminalis seu de processibus contra sagas liber ad magistratus Germaniae hoc tempore necessarius*«, zu Deutsch: Gerichtliche Untersuchung, ein Buch über die Hexenprozesse, den deutschen Obrigkeiten unserer Tage höchst notwendig.

»Ich habe von dem Buche gehört«, sagte er dann. »Es soll mit viel Scharfsinn und großer Gelehrtheit wider den Hexenglauben eifern. Ein mutiges Wagnis von dem Herrn Verfasser, der seinen Namen aus guten Gründen freilich nicht nennt.« Ein raschforschender Blick glitt zu Spee hinüber. »Ihr selber habt das Werk wohl verfaßt?«

Der Angeredete erwiderte ausweichend: »Das Buch ist mir aus der Seele geschrieben. Den mir wohlbekannten Verfasser darf ich nicht verraten, da dieses ihn unfehlbar auf den Scheiterhaufen bringen und seinem Wirken ein Ende setzen würde.«

Philipp Christoph lachte: »Recht habt Ihr! Na, laßt nur gut sein, der Kurfürst von Trier verrät Euch nicht. Ich will Euch und mir selber zu Gefallen noch in dieser Stunde beginnen, die Schrift zu lesen. Ich gestehe, daß ich neugierig geworden bin. Morgen in der Frühe sollt Ihr Bescheid über meinen Entschluß haben. Ihr habt, offen gesagt, mich etwas verwirrt, und ich muß in Ruhe über diese Angelegenheit nachdenken.« Philipp Christoph hatte wirklich dem Pater gegenüber seine Härte ganz abgelegt. Jetzt reichte er ihm zum Abschied huldvoll die Rechte, deren Bischofsring Friedrich von Spee demütig küßte. Trotz der erfahrenen Huld ging der Pater mit sorgenschwerem Herzen. Warum hatte der Kurfürst ihm nicht heute schon die Zusage der Begnadigung gegeben? Morgen in der Frühe schon konnte der mächtige französische Stadtkommandant denselben zu des Mägdleins Ungunsten beeinflußt haben. Das mußte dem Franzosen umso leichter werden, als Philipp Christoph ja seine persönliche Sicherheit unter dessen Waffenschutz gestellt hatte.

Gesenkten Hauptes schritt Vater Spee dem Dreifaltigkeitskollegium zu, nicht wie ein Sieger, sondern wie ein Geschlagener.

X. Auf der Folter

Wer den als sanft bekannten Herrn Kunz von Umbscheiden zornig sehen wollte, der durfte nur am Morgen nach Jutta´s Gefangennahme in das düstere weitläufige Haus derer Umbscheiden von Ehrenkron in der Jakobsgasse eintreten, so wurde ihm solcher Anblick zu teil. In vollem kriegerischem Schmuck raste förmlich der blonde rotbackige Herr Kunz durch alle Räume des ihm schier zu eng scheinenden Hauses. Jeder Insasse des schloßartigen Gebäudes ging dem jungen Herrn ahnungsschwer aus dem Wege, was zur Folge hatte, daß dessen ernster Zorn sich umso vernichtender für die wirkliche Urheberin seiner gerechten Entrüstung aufspeicherte.

Alle, Vater, Mutter und er selber, waren als Zeugen gegen Jutta von Zandt, als Zeugen für deren Zauberkünste ins Rathaus berufen, und Käthe Reulandt, die das veranlaßt hatte, wollte noch dazu sich ihnen als Klägerin und Zeugin auf dem Gange nach dem Rathause anschließen. Dann kam sie, die Veranlasserin all des Verdrusses, all der Sorgen.

»So frisch und maienhaft sieht sie aus, wie ein stacheliges Moosröslein«, dachte grimmig Herr Kunz, dem der Anblick früher jedenfalls ein wohlgefälliges Schmunzeln entlockt hätte. Jetzt fuhr er mit verhaltenem Zorn auf sie los: »Liebe Käthe, wenn Du klug gewesen, so hättest Du Jutta, die mir wie allen anderen Männern beim ersten Schauen schon tiefen Eindruck machte, nicht als Hexe verschrien, sodaß der französische Pomadenheld sie anzeigen durfte, sondern Du hättest den Verlauf der Dinge abgewartet. Wenn Du selber so wunderschön und liebenswürdig wärest, wie Jutta von Zandt, so würdest Du wahrscheinlich auch sämtlichen Männern die Köpfe verdreht haben und Dich dann wundern, wenn jemand Dich als Hexe verklagte.«

Die schwarzäugige Käthe zuckte mutig die Achseln und tippte mit dem Zeigefinger gegen die von Löckchen umrahmte Stirn. »Ich rechne Dir die unzarte Rede nicht an, Kunz; denn Du bist noch immer verhext.« Das schürte den Brand. »Ich verhext? Nein, liebe Käthe, nur verliebt; und Du bekehrst mich nimmer. Wenn Jutta von Zandt heute gefoltert, auf die Schnur gezogen und dann in ihrer Pein gefragt wird, wer ihre Mitschuldigen seien, so wundere Dich nicht, wenn sie halb wahnsinnig vor Schmerzen Deinen Namen angibt und sagt, Du seiest zugleich mit ihr auf einem schwarzen Bock ausgeritten und habest zugleich mit ihr auf dem Franzens-Küppchen oder auf der Hetzerather Heide getanzt und Hexen-Sabbat feiern helfen. Und wenn sie Dich nennt«, seine Stimme hob sich, »so freue ich mich darüber; denn Du hast das um Dein Antragen verdient. So, nun weißt Du, was ich von der ganzen abscheulichen Geschichte halte, was ich von Dir selber denke, und was Du von mir zu erwarten hast, ob der Prozeß nun zu Gunsten oder zu Ungunsten der von Dir Angeklagten endet.«

Damit drehte Herr Kunz sehr entschieden dem niedlichen schwarzlockigen Mägdlein den Rücken.

Den gleich darauf eintretenden Eltern küßte er hochachtungsvoll die Hand. In wohlbegreiflichem, nachdenklichem Schweigen begaben sich dann alle nach dem Rathause. Sie waren die letzten von den vielen geladenen Zeugen, welche die Diener in den Gerichtssaal einließen, und welche alsdann auch auf der letzten für die Zeugen bestimmten Bank Platz nahmen.

Man brauchte gerade keine zarte, der Zauberei angeklagte und somit dem Tode geweihte Jungfrau zu sein, um beim Betreten dieses Raumes von Schauder ergriffen zu werden. Schwarz verhangen von der Decke bis zum Fußboden waren die hohen Wände. Desgleichen war der

Tisch, hinter welchem im Halbkreis dreizehn Männer in schwarzen Talaren saßen, mit schwarzem Tuche bedeckt. Ein Kruzifix und brennende Kerzen erhöhten den feierlichen Eindruck.

Der kurfürstliche Statthalter und Vorsitzende des Hochgerichts, der greise Herr Claudius von Musiel, trug die schwere goldene Amtskette. Er saß auf einem höheren Thronsessel in der Mitte. In lebhaftem Gegensatz zu dem Schwarz der Umgebung wirkte die glänzende Uniform des französischen Kommandanten, der hier als Ankläger, als Zeuge und sogar als Mitrichter erschienen war und, sich dem Kreise der Hochgerichtsschöffen anschließend, rechts auf einem Purpursessel saß.

Einen grausigen Eindruck aber mußte auf zarte Herzen das scharlachrote Kleid des Scharfrichters machen, welcher im Hintergrunde vor einem ebenfalls mit Schwarz verhangenen unheimlichen hohen Etwas unbeweglich stand.

Der Vorsitzende, Herr Claudius von Musiel, gab einen Wink, und die Schergen[22] geleiteten, oder vielmehr schleppten die mit Ketten gefesselte Angeklagte in den Saal. Ihr goldener, edelsteinflimmernder Gürtel und die kostbaren Perlenreihen am Halse bildeten einen eigentümlichen Gegensatz zu den eisernen Fesseln. Die prachtvolle Gestalt Jutta´s umhüllte noch ein weißes schillerndes Atlaskleid; bleicher aber als das Kleid war das wunderschöne, von wirren blonden Locken umrahmte Antlitz der Hexe. Ihr dunkel umsäumtes Auge glitt befremdet und verstört über die Versammlung hin, dann senkte es sich traurig zur Erde. Die Henkersknechte zerrten das Edelfräulein nieder auf die Anklagebank. Dem greisen Vorsitzenden, einem langjährigen Freunde von Jutta´s Vater und dessen Nachfolger als Statthalter, wurde beim Erblicken des armen Mägdleins sein Amt

22 Henkersknechte.

sehr erschwert. Er hatte Mühe, seine Bewegung zu verbergen, als er die Aufforderung sprach: »Wohledler Herr Stadtkommandant, Marquis Charles Lameth de Bussy, wiederholet Eure Anklage.«

Rasch trat der Franzose vor, ein Bild beleidigten Stolzes und Vergeltung fordernden Grimmes. Er rief leidenschaftlich in fast tadellosem Deutsch: »Wohlan, so klage ich die Jungfrau Jutta von Zandt des Lasters der Zauberei an. Erstlich beschuldige ich sie, mich selber und manche der besten Edelleute dieser Stadt durch teuflische Künste umgarnt und in ihr Liebesnetz gezogen zu haben. Ferner erwähne ich, daß die Beklagte schon lange in der Nachbarschaft für eine Hexe und öffentliche Zauberin gehalten wurde. Und weiterhin, daß man sagt, sie habe böses Wetter gemacht, habe Säcke mit Goldstücken auf die Straße geworfen, die sich später als wertlose Steine erwiesen, und habe Kinder mit ihrem bösen Blick zum Sterben gebracht. Endlich bitte ich untertänig, die zu dem Ende von mir hierhergerufenen Zeugen nach dem vorgeschriebenen Rechte schwören zu lassen, abzuhören und wider die Angeklagte nach Kaiser Karls des Fürsten peinlicher Halsgerichts-Ordnung verfahren zu wollen.«

Nach diesem Anklageakt rief der Statthalter die Namen der vor das Hochgericht beschiedenen Zeugen auf. Es fand sich, daß alle hierher Befohlenen zugegen waren, bis auf den Freiherrn Otto von Wittgenstein, der am Abende vorher mit dem Pferde gestürzt und sich nach der Aussage des Arztes eine Gehirnerschütterung zugezogen hatte.

»Wollte, ich wäre auch so klug gewesen«, knurrte Kunz von Umbscheiden.

Nach dem Aufrufe richtete Herr Claudius von Musiel mit hohem Ernst das Wort an die Zeugen: »Ihr schwört und gelobet vor Gott und den Menschen, nicht zu hören auf die Stimme des Hasses, noch auf die der Zuneigung, sondern nach innigster Überzeugung Eure Aussage zu geben.« Darauf rief er jeden Zeugen bei seinem Namen, und der Gerufene antwortete, indem er die rechte Hand zum Himmel hob: »Ich schwöre es.«

Nun folgte die Aussage der Zeugen, die darin gipfelte, daß die Beklagte viele junge Männer zur Liebesnot verhext, böses Wetter gebraut, kleine Kinder sterben gemacht und alle Menschen mit teuflischer Kurzweil geäfft und geärgert habe. Nicht weniger Aufsehen veranlaßte es, als der aufgerufene Zeuge, Herr Kunz Umbscheiden von Ehrenkron, entgegengesetzt den anderen mit großer Entrüstung erklärte, er habe nichts Teuflisches und Übernatürliches bei der Beklagten wahrnehmen können, sondern habe es bei ihrer Schönheit und Liebenswürdigkeit selbstverständlich gefunden, daß die Herzen aller, die sie kannten, folglich auch sein eigenes, sich ihr zugewendet hätten.

»Kein Wunder, daß der arme Kunz so spricht! Er steht noch vollkommen unter dem Bann der Hexe«, flüsterten die Hörer, mitleidig die Achseln zuckend. Größeres Vergnügen machte allen die jammernd gegebene Versicherung des Junkers von Merode, er fühle nun, was er bis dahin nur dunkel geahnt habe, daß er von der Angeklagten behext sei; und zwar habe das Edelfräulein ihm am Tage, als er sie kennen gelernt, einen Liebestrunk in Gestalt eines Bechers feurigen Weines eingeflößt. Kaum einer der Zuhörer fühlte die lächerliche Erbärmlichkeit in des Freiherrn Auftreten.

»Das muß doch wahr sein, wenn der von Merode es selber einsieht, daß es ihm nicht anders erging, wie dem französischen Stadtkommandanten«, fragte man nach diesem Bekenntnis. Großen Eindruck auf alle machten auch die Aussagen der beiden vornehmen Jungfrauen, denen durch die Hexe ihre Verlobten untreu geworden waren. Das stockend und zaghaft unter Erröten gegebene Zeugnis der schüchternen blonden Gertrud von Hontheim, welche klagte, daß Jutta von Zandt ihren Verlobten Otto von Wittgenstein durch Zauberkünste an sich gelockt habe, so daß er ihr untreu geworden, brachte fast größere Wirkung hervor, als die mit blitzenden Augen und großer Überzeugung gemachte Aussage der schwarzlockigen Käthe Reulandt, daß ihr ehemaliger Verlobter, Kunz von Umbscheiden, von Jutta verhext, sie verlassen habe.

Nachdem das Zeugenverhör geschlossen, wandte der Vorsitzende sich zu der bleich, wie geistesabwesend dasitzenden armen Maid: »Jungfrau Jutta von Zandt, Ihr hörtet, wessen Ihr angeklagt seid, hörtet alle Belastungsgründe, welche man gegen Euch vorbrachte. Durch die Aussagen der ehrenwerten, unbescholtenen Zeugen ist Eure Schuld so gut wie erwiesen. Bekennt daher in Güte, auf daß Euch die scharfe Frage auf der Folter erlassen bleibe.«

Jutta´s trostloser Zustand stumpfer Gleichgültigkeit wich bei dieser Anrede hochgradiger Aufregung. Ihre bleichen Wangen röteten sich, und ihre Augen flammten auf. Sie erhob sich und rief: »Bei dem allmächtigen Gott, auf dessen Barmherzigkeit im Jenseits ich hoffe, und der meine arme sündige Seele, ja all meine Gedanken kennt, schwöre ich, daß ich unschuldig bin an den Verbrechen, welche man mir zur Last legt. Dies ist die lautere, unumstößliche Wahrheit.« Sie schlug erregt die gefesselten Hände zusammen und hob sie bittend empor. »O, versucht es nicht, mir durch die Folter ein anderes lügenhaftes Bekenntnis zu erpressen. Wie eitel und sündhaft ich auch war, wie sehr ich auch gefehlt habe, der Zauberei habe ich mich nicht schuldig gemacht.« Traurig ließ sie die Hände sinken, neigte sie das Haupt: »Ich weiß nur zu gut, daß, was immer ich auch sage, die furchtbare Anklage so vieler Menschen ihren Wert und ihre Geltung behält, daß Ihr mich niemals von dem schrecklichen Verdachte freisprechen werdet, ja daß der Tod mir gewiß ist.« Feuchten Auges schaute sie flehentlich mit rührendem Ausdruck auf den mächtigen Statthalter, den alten Freund ihres Vaters. »O, habt Erbarmen, macht es kurz. Zum Sterben bin ich ja bereit.« Tränen erstickten ihre Stimme; sie sank ermattet auf die Holzbank.

Ein Herz von Stein vermochte hier unerschüttert zu bleiben. Das konnte nur Wahrheit sein, welche dem schönen Mädchen solche Macht des Ausdruckes in der Rede, in jeder Bewegung, in der ganzen Haltung verlieh. Die Richter und Zeugen begannen schon im Urteile zu schwanken, und es gab wohl einige, welche über die Möglichkeit von Jutta´s Unschuld nachsannen; das spiegelte sich in ihren bewegten Mienen wieder. Da erhob sich der schlaue beobachtende Stadtkommandant Marquis de Bussy und rief mit kaum verhehlter Wut: »Hier habt Ihr eine Probe von dem Einflusse der Hexe! Kaum hat sie zu reden begonnen, als jeder der Zauber an sich selber verspürt und kaum mehr weiß, was er vordem Ungünstiges über sie dachte. Sie ist die verwegenste, die listigste aller Gauklerinnen und heuchelt den Wunsch zu sterben nur deshalb, um dem Tode oder wenigstens der Folter desto sicherer zu entgehen. Ich wünsche, daß sie nach altem Brauch sogleich dem Scharfrichter überantwortet, und ihr vorläufig die Daumenschrauben angelegt werden, auf daß sie die Wahrheit bekenne.«

Diese Rede des herrschsüchtigen Franzosen wirkte auf die unterdrückten Trierer gleich einem Befehl. Der Mann im roten Kleide, welcher bis dahin wie eine Bildsäule auf seinem Posten gestanden, trat vor und richtete einen fragenden Blick auf den Hochgerichtspräsidenten. Ein Seufzer hob dessen Brust: »Gott helfe ihr und mir!«, sagte Claudius von Musiel leise, dann sprach er zu Jutta gewandt mit lauter eintöniger Stimme die Formel: »Da Ihr leugnet und nicht bekennt in gütlicher Weise, so übergebe ich Euch, kraft meines Amtes, dem Henker, auf daß er tue an Euch zum rechten Bekenntnis mit Schrauben und Leitern und Stricken oder dem, was ich, Euer Richter, für gut halte in der scharfen Frage.«

Ein Wink von ihm, und der Scharfrichter legte der von Entsetzen Halbbetäubten die Daumenschrauben an.

Kunz von Umbscheiden tat einen Schrei, wie ein verwundetes Tier. Es schien, als ob er sich auf den Henker stürzen und Gewalt gegen Gewalt brauchen wolle. Sein Vater aber zog ihn zurück und hielt ihn in namenloser Angst wie mit eisernen Klammern fest.

»Gibt es keine Gerechtigkeit mehr auf Erden? Kommt kein Engel vom Himmel, die Unschuldige zu retten?«, rief Kunz wütend mit drohend geballten Fäusten. »Unsinniger, sofern Du nicht schweigest«, raunte ihm sein Vater zu, »so werde ich Dich von den Bütteln[23] als unzurechnungsfähig und krank hinausbringen lassen. Oder ziehst Du vor, als Mitschuldiger verbrannt zu werden?«

Da saß Kunz ganz still, schlug die Hände vors Gesicht und weinte wie ein Kind.

Der Scharfrichter zog mit dem Schraubenschlüssel die Spindeln an; Jutta aber gab keinen Laut, sie wurde bleich und bleicher. Auf vorgelegte Frage antwortete sie nicht. Erwartungsvoll, nicht ohne grausiges Behagen, beobachteten fast alle die Gepeinigte. Jetzt verdrehte diese unter der Marter unwillkürlich die Augen.

»Da seht, wie sie die Augen rollt. Die Hexe sucht ihren höllischen Buhlen. Ha, jetzt blickt sie starr; sie hat ihn wohl gefunden. Ob er ihr helfen mag?«, So raunte man einander zu.

Der Scharfrichter aber drehte weiter an der Schraube, daß das Blut in feinem Strahl hervorspritzte. Da schloß sie die Lider, und ihr bleiches Haupt sank schwer zurück.

»Ei seht, des Satans Braut vermag zu schlafen unter der Pein, die rasend macht. Welch einen festen Bund muß sie mit dem Fürsten der Finsternis geschlossen haben, daß er sie also stärkt!« In dieser Weise verhöhnte man die Ohnmächtige.

---

23 Gerichtsdienern.

De Bussy rief ärgerlich: »So richten wir nichts aus. Schraubt sie los! Da sie halsstarrig bleibt, wollen wir es mit besseren Mitteln versuchen und abwarten, ob ihr Buhle sie auch dann noch zum Schweigen stärkt.« Nachdem die Ärmste von den Daumenschrauben freigegeben war, kehrte ihr Bewußtsein zurück, doch blieb sie hinfällig und gleichgültig. Auf alle ihr vorgelegten Fragen und an sie gerichteten Ermahnungen erwiderte sie nur ein einziges Mal mit schwacher Stimme: »Ich habe nur mehr den Wunsch, meine arme Seele zu retten, und darum darf ich nichts bekennen, was ich doch nicht getan; aber ich bitte Euch um Gotteswillen, Ihr gnädigen Herren, habt Mitleid und verschonet mich mit ferneren Qualen.«

»Das soll geschehen, sobald Ihr Euch eines anderen besonnen und die Wahrheit gestanden habt«, rief der Franzose, und zu den Henkern gewandt fügte er gebieterisch an Stelle des Richters hinzu: »Bringt sie unverzüglich an die Schnur!«

Der Statthalter wagte keinen Einspruch, und so zog der Scharfrichter den schwarzen Vorhang von dem Foltergerüst weg, band der Halbtoten die schon gemarterten Hände mit Stricken auf den Rücken, befestigte diese Stricke an dem Seil, welches frei über einer Rolle von dem Gerüst herniederhing; dann knarrten die Räder, und langsam wurde die Hexe mit über dem Kopf verdrehten Armen in die Höhe gezogen.

»O Jesus, steh´ mir bei!«, rief die Gepeinigte unter fürchterlichen Qualen, dann verlor sie zu ihrem Glücke wiederum das Bewußtsein. »Die muß in besonderer Gunst beim Satan stehen, sie schläft schon wieder«, hieß es verdrießlich und enttäuscht.

»So wollen wir sie mit Pechfackeln unter den Fußsohlen oder den Armen kitzeln, auf daß sie wach werde. Ich war oft genug dabei und weiß, wie man das Aufwecken besorgt«, sagte der Scharfrichter. »Das gestatte ich nicht«, erklärte de Bussy. »Der Zustand der Gefolterten ist befremdlich, der Teufel könnte ihr, ehe sie etwas gestände, den Hals umdrehen. Sie soll für den Scheiterhaufen aufbewahrt bleiben.«

»Er hat recht. Bindet sie los!«, hieß es von allen Seiten. So wurde der Leblosen die weitere Tortur erlassen, nicht aus Mitleid, sondern aus Furcht, sie möge sterben, ehe man das Schauspiel genießen könne, sie dem Feuertode erliegen zu sehen. Trotz dem, oder vielmehr gerade weil sie während der Folterung wunderbarer Weise nichts bekannt hatte, sondern, wie man sich ausdrückte, geschlafen hatte, hielt man sie für eine Teufelsverbündete und glaubte, sie als der Zauberei schuldig zum Holzstoße verurteilen zu müssen. Bis zum kommenden Morgen sollte sie im Gefängnisse zurückbehalten, sollten ihr stärkere Fesseln angelegt werden.

Mit schwerem Herzen verkündete der Statthalter das Urteil, dann zerbrach er den Stab über ihr.

Da schlug die zum Feuertode Bestimmte die Augen auf, ein dankbares Lächeln irrte über ihre entstellten Züge. Der Tod brachte ihr ja die Erlösung. So endete die Hochgerichtssitzung. Die Richter standen auf, und die Henkersknechte hüllten die Mißhandelte in eine Decke, um sie wieder ins Gefängnis zu tragen.

XI. Im Kerker

Sobald als am Morgen die Pforte des Dreifaltigkeitskollegiums den Fremden Einlaß gewährt hatte, war Dankmar von Kesselstatt mit Tyle nach dem Jesuitenkloster geeilt. Die Freudigkeit des Wiedersehens zwischen Letzterem und Vater Spee wurde stark beeinträchtigt durch die bange Sorge um des angeklagten Mägdleins Geschick.

Keine Spur von Spee´s sonst so kindlich heiterer Gemütsart zeigte sich heute; er berichtete niedergeschlagen und mutlos von seiner Unterredung mit Philipp Christoph. Auch auf Dankmars Herz legte es sich beklemmend. Aber die Jugend ist leichter zur Hoffnung geneigt, als das reifere Alter, Graf Kesselstatt verzweifelte noch nicht an Jutta´s Rettung. Als er gar vernahm, daß der Kurfürst sich bereit erklärt habe, die *Cautio criminalis* zu lesen, rief er zuversichtlich aus: »Nach dem Lesen dieses Buches wird der Landesherr von seinem Recht Gebrauch machen und den Gnadenspruch tun, es sei denn, daß er ein Tigerherz habe und mit Bewußtsein die Unschuldige wollte morden lassen.«

Froh über die erhaltene Auskunft verabschiedete er sich sogleich um der von Zandt´schen Familie die, wie ihm schien, gute Kunde zu bringen, während Tyle in ernstem Zwiegespräch bei dem Freunde zurückblieb.

Auch in der Königsburg verweilte Dankmar nicht lange. Wie hätte er untätig hier harren können, während die Gerichtsverhandlungen dort drüben in vollem Gange waren! Er stürmte hinüber, er bat, ihn einzulassen. Vergebens! Trotz seines Ranges wies man ihn zurück, weder Drohungen noch Bestechungsversuche fruchteten. Nun trieb es ihn zu Vater Spee; es war ja nicht unmöglich, daß dieser inzwischen Nachricht vom Kurfürsten erhalten habe.

Seine Ahnung hatte ihn nicht ganz getäuscht. Man sagte ihm, der ehrwürdige Vater sei ausgegangen, und zwar habe ein Befehl Seiner Kurfürstlichen Gnaden ihn nach der Petersburg gerufen. In seiner brennenden Ungeduld versuchte Dankmar alsdann, an der Türe des Rathauses etwas über den Gang der Verhandlungen zu hören; es gelang ihm dieses aber ebenso wenig, wie vordem seine Bemühungen, in den großen Saal einzudringen. Rastlos, wie er war, lenkte er seufzend seine Schritte zur Königsburg. Wer beschreibt sein Erstaunen! Eine kräftige Kriegergestalt mit gebräuntem, ausdrucksvollem Gesicht, zu dessen dunklem Ton die hellen blauen Augen und der blonde Knebelbart in eigentümlichem Gegensatz standen, eilte ihm entgegen und schloß ihn in die Arme.

»Du, Werner, Du hier? O, zu welcher Stunde kehrst Du ins Vaterhaus zurück! Welch ein Freudenfest wäre Deine Heimkehr vor wenigen Tagen noch gewesen!«

Werner von Zandt nickte schwermütig: »Ja, wer hätte an solch ein Unglück gedacht! Ich segne die Eingebung, welche mich mit elementarer Gewalt plötzlich zwang, den Kriegsschauplatz zu verlassen und nach Hause zu reiten. Wie nötig meine Gegenwart gerade jetzt hier ist, das sehe ich ein.«

Sein Vater, der herbeigekommen war, fügte bitter hinzu: »Es scheint, daß Werner, welcher unserem Familienkreise so schmerzlich fehlte, uns nur wiedergegeben wurde im Austausch gegen ein anderes Opfer.«

Graf Kesselstatt aber versicherte: »Lieber Onkel, ich danke Gott, daß er unseren Werner just in diesem Augenblicke hierher gesandt hat, um uns die schweren Stunden der Angst und Sorgen tragen zu helfen.« Ja, die unerwartete Heimkehr des jungen Freiherrn war wirklich ein Glück. Das immerhin freudig aufrüttelnde Ereignis brachte einen frischen Luftzug in die unerträgliche Schwüle tatenlosen, herzbeklemmenden, bangen Harrens. Außerdem gab es gegenseitig so viel zu fragen und zu erzählen, daß der alles beherrschende dumpfe Druck zuweilen minutenlang wich. Namentlich auf das Befinden der alten Mutter hatte das Wiedersehen des geliebten Sohnes einen mächtigen Einfluß ausgeübt. Isengard, die nicht vom Lager der Matrone wich, hatte dieser eingeredet, der ehrwürdige Pater Spee werde ganz gewiß die Schwester retten. Nun stärkte die Heimkehr Werners das Mutterherz auf kräftigere Weise. Frau Mechthild fühlte sich fast gesundet; sie hätte sich unverzüglich erhoben und zu den anderen gesellt, wenn nicht alle sich diesem Beginnen widersetzt hätten. Es galt ja hauptsächlich, die Mutter im entlegenen Gemache fern von aller Aufregung zu halten. So blieb die Hausfrau denn mit Isengard im stillen Kämmerlein zurück. Beide fanden Trost im Gebete; dies war ja das Einzige, womit sie Jutta tätig sein konnten. Die Herren aber, darunter auch der Domherr Ludwig von Zandt, welcher aus Luxemburg eingetroffen, waren in dem nach der Straße gelegenen großen Wohnraume beisammen und starrten zwischen Hoffnung und Befürchtung hinüber nach dem Rathause, wo sich das Schicksal der Angeklagten entschied.

Es ward Nachmittag, ja, die Sonne neigte sich bereits dem Markusberge zu, und noch immer schien die Hochgerichtssitzung kein Ende genommen zu haben. Endlich, endlich öffnete sich das Tor des Rathauses, es kamen Menschen hervor, die mit lebhaften Gebärden aufgeregt durcheinanderredeten. Mit atemloser Spannung beobachteten die Herren vom Fenster aus die erregte Menge.

»Oh, da ist Kunz von Umbscheiden. Mein Gott, wie sieht er aus! Ist das auch wirklich Kunz, der barhäuptig, leichenblaß, wie ein zum Tode Verwundeter sich über die Straße schleppt? Ja, wahrlich, er ist´s. Er begehrte Einlaß an der Königsburg. O Herz, sei stark, nun werden wir Gewißheit haben!« – Man hörte den auffallend schweren Schritt schon auf der Treppe. Dankmar, der Schlimmes ahnte, stürzte hinaus. Ihm sollte der Hiobsbote die

Nachricht zuerst geben, auf daß er sie schonend denen da drinnen überbringe, der andere, der mit dem verstörten Äußeren, schien dazu wenig geeignet zu sein.

»Kunz, um Gottes willen, welche Nachricht bringst Du?«, flüsterte er ihm entgegen. Der schaute stier vor sich hin und antwortete nicht, schritt aber schwerfällig, wie mechanisch bewegt, ins Wohngemach. Hier sprach er ohne jede Einleitung die Worte: »Sie wurde gefoltert und wird morgen früh verbrannt«, dann schlug der Riese mit der ganzen Wucht seines Körpers vornüber zur Erde.

Keiner wunderte sich darüber. Keiner rührte ein Glied. Der alte Freiherr nur sah stumm zur Decke empor, sah die Wände an: Werden sie nicht auch zusammenbrechen ob dieser Kunde? Es wäre so selbstverständlich.

Der Domherr war der Erste, welcher endlich aus der Betäubung aufwachte und sich besann, daß dem leblosen Kunz Hilfe geleistet werden müsse. Sobald er sich zu ihm niederbeugte, trat leise auch Kesselstatt hinzu. Und nun war es eigentümlich, wie die Männer alle gewaltsam sich um den Ohnmächtigen bemühten, gerade so, als ob das, was der Unglückliche ihnen verkündet, nicht gesprochen worden wäre, und als ob es für sie keine andere Aufgabe in der Welt mehr gäbe, als Kunz von Umbscheiden aufzuwecken. Eine Ablenkung mußte sie in diesem Augenblicke für die wahnsinnig machenden Gedanken haben. Was er gesagt, war ja nicht zu fassen. Es gelang ihnen, den Riesen wieder zum Leben zu bringen. O, daß sie es nicht getan!

Kunz, zur Besinnung gelangt, verschmähte jede Erfrischung, fühlte dagegen eine gewisse zornige Befriedigung darin, im Schmerze zu wühlen. Ohne die mindeste Schonung malte er in bebender Aufregung den entsetzten Zuhörern den schauerlichen Verlauf der Hochgerichtsverhandlungen getreulich aus.

Als er geendet, herrschte lange tiefes Schweigen. In dumpfer Verzweiflung starrten die Männer vor sich hin. Da erhob sich Dankmar und sprach: »Warum verzagen wir? Aus dieser furchtbaren Not kann noch die allmächtige Hand des barmherzigen Gottes retten. Vater Spee lebt, auf seine Hilfe baue ich. Was verweile ich länger hier? Zu Hause wartet meiner vielleicht schon beglückende Kunde.« Er gürtete den Degen um, nahm den Federhut und schritt rasch der Türe zu. Hier trat ihm der Haushofmeister entgegen mit der Meldung: »Herr Graf, es ist ein fremder Herr draußen, der Euch zu sprechen wünscht, Tyle nannte er sich.«

Ein Freudenstrahl glitt über Dankmars Angesicht. »Herr Tyle! Er ward von Spee gesandt. Gewiß bringt er uns frohe Nachricht. Laßt ihn unverzüglich eintreten! Dies ist Herr Tyle, Vater Spee´s Vertrauter und, wenn ich mich dessen rühmen darf, auch mein eigener Freund«, so stellte er lebhaft den nicht ohne Befangenheit Eintretenden vor. »O sprecht, erzählt«, rief er dann erregt, »welche Kunde bringt Ihr vom Vater Spee?«

Der Angeredete schüttelte traurig den Kopf. »Keine. Ich sah ihn nicht mehr, seit er heute Morgen zum Kurfürsten gerufen wurde. Aus der Petersburg ist er bisher noch nicht zurückgekehrt.«

»Wäre es möglich! Was kann das bedeuten?«, rief Dankmar erschrocken.

Tyle sprach zögernd: »So sehe ich meine Hoffnung betrogen, bei Euch Auskunft über ihn zu erhalten. Die Väter des Dreifaltigkeitskollegiums sind in größter Sorge und Aufregung um das vorzüglichste Mitglied ihres Ordens. Sie fürchten, daß Philipp Christoph den geistvollen Jesuiten als Zauberer zurückbehalten habe und verbrennen lassen, ja, daß er sie alle auf Grund dessen vertreiben wolle. Die Jesuitenväter liegen auf den Knien im Chor der Dreifaltigkeitskirche.«

»Wenn diese Männer beten, so muß alles sich zum Guten wenden«, sprach Kesselstatt vertrauensvoll.

Kunz von Umbscheiden aber geriet in unternehmende Kampfeswut: »Ich schlage vor«, rief er, »wir Edelleute mit unseren Knechten überfallen in dieser Nacht die Wächter des Gefängnisses – eine heimliche Befreiung ist ja bei der starken Besatzung unmöglich – und verhelfen Jutta zur Flucht.«

»Lieber Kunz«, sprach der Domherr erwägend, »Deine Absicht ist sehr löblich; aber solch ein Gewaltstreich würde meiner armen Schwester nichts nützen und allen Beteiligten nur schaden. Der Überfall würde sogleich die ganze französische Mannschaft in Aufruhr bringen, und um die Köpfe sämtlicher Befreier wäre es geschehen.«

»Haben wir denn nicht die trierische Bürgerschaft und die kaiserliche Armee in Luxemburg zu unserem Schutz«, warf Kunz etwas kleinlaut geworden hin. »Ja, lieber Freund«, bestätigte Ludwig von Zandt, »zu unserem Schutz gegen die Anmaßungen der Franzosen und nötigenfalls auch gegen die Bedrückungen Philipp Christophs hätten wir den guten Willen der Genannten für uns; ob der uns aber, wie die Dinge heute liegen, viel helfen könnte, weiß ich nicht. Jedenfalls aber weiß ich gewiß, daß keine Hand sich regen würde, uns beizustehen, wenn wir eine zum Tode verurteilte Hexe befreit hätten und aus diesem Grunde gefangen würden. Der Hexenglaube und die Hexenverfolgungswut hat zu tiefe Wurzeln geschlagen in allen Schichten der Menschheit.«

Des Riesen Fuß stampfte den Boden. »Nur die ungerechte Anklage des französischen Kommandanten brachte eine edel trierische Jungfrau vor das Hochgericht; sein Wort allein verdammte sie zum Tode!«, rief er trotzig.

Graf Kesselstatt vollendete ernst: »Dem Kurfürsten aber steht das Begnadigungsrecht zu, noch ist er Herr im Lande. Übt er keinen Gebrauch von seinem Rechte aus, läßt er gar gegen Pater Spee als Zauberer und Mitschuldigen das gerichtliche Verfahren eröffnen und die Jesuiten vertreiben«, seine Stimme hob sich drohend, »dann Gnade Gott dem Herrn Philipp Christoph! Als Kurfürst wird er nicht mehr lange regieren. Seine Stunde hat ohnedies geschlagen; die Franzosenwirtschaft lassen wir uns auch nicht mehr lange gefallen. Die in Luxemburg liegenden Kaiserlichen müssen zur Tatkraft aufgerüttelt werden.«

Der Domherr seufzte: »Alles gut, liebe Freunde, wenn es der in unserem Nachbarlande vereinigten Armee nur nicht mehr noch an Waffen, als an Mannschaft mangele!«

Da fiel Herr Tyle rasch und freudig ein: »Um diesem Übelstande abzuhelfen, führt mich mein Weg an Trier vorbei. Ich wurde vom kaiserlichen Hauptquartier mit mancher Wagenladung voll Waffen nach Luxemburg entsandt und gedenke sie in Kürze dort abzuliefern.« »So werden wir mit Gottes Hilfe bald der Stadt Trier gegen die Franzosen Beistand leisten können«, erklärte Ludwig von Zandt.

»Wir Edelleute«, sprach der von Kesselstatt, »werden vielleicht nur noch den morgigen Tag abwarten, dann ziehen wir mit desto heißerem Ingrimm nach Luxemburg, um die Kaiserlichen stürmisch gegen die Franzosen und gegen Philipp Christoph anzuschüren.«

So war denn zum Glück für die Familienangehörigen die Aufmerksamkeit von dem furchtbaren Geschick, welches ihnen drohte, auf das politische Gebiet hinübergelenkt. Der Domherr legte den Lauschenden im Vertrauen die Pläne der Luxemburgisch-Kaiserlichen Armee dar. Und als mit Anbruch der Nacht auch noch der alte Graf Casimir von Kesselstatt den Kreis der Freunde vermehrte, wurde mit keiner Silbe mehr der einem gräßlichen Tode entgegenharrenden Jungfrau gedacht. Es verstand sich jedoch von selbst, daß alle während der Nacht beisammenblieben, daß keiner sein Lager aufsuchte. Wer hätte schlafen können? Die Welt schien ihnen allen ja aus den Fugen.

Den betenden Frauen aber im stillen Kämmerlein wagte keiner die Hoffnung zu nehmen; die Ärmsten erfuhren das Schreckliche noch früh genug, wenn es geschehen.

Tief unter der Erde im feuchten Verließ lag allein und verlassen die schönste und erbarmungswürdigste Jungfrau der Stadt auf moderndem Stroh. Man hatte ihr die

Wunden verbunden, nicht aus Barmherzigkeit, sondern aus Furcht, der Tod möge sie befreien, ehe sie dem Volke zum Schauspiel eine Beute der Flammen geworden sei. Aus demselben Grunde hatte man der bis zur Stumpfheit Gleichgültigen Brot und Wein zur Stärkung gereicht, ohne ein tröstendes Wort, ohne einen Blick des Mitgefühls. Bei aller Grausamkeit, mit der man gegen solche, dem Feuertode geweihte Opfer verfuhr, war es doch Sitte, sie nicht ohne geistlichen Beistand zu lassen, und so stellte man der Unglücklichen auch die Wahl eines Beichtvaters frei. Hier zeigte sie zum ersten Mal nach ihrer Verurteilung eine Spur von Teilnahme an dem, was um sie vorging, und nannte ohne Zögern Vater Spee, den sie nur seinem Rufe nach und aus seinen Dichtungen kannte.

Seit jenem Lichtblicke in der Nacht ihrer Gefangenschaft war Stunde um Stunde vergangen. Der Tagesschimmer, welcher durch eine Luke in das schauerliche Verließ fiel, war längst vollständiger Dunkelheit gewichen; auch das verworrene Summen, das Geräusch der Menschen, die von ihrem Tagewerk zurückkehrten, war längst verhallt. Jutta wäre vielleicht bei der Gleichgültigkeit gegen alles, was ihr bevorstand – sie wußte ja, daß sie dem Untergange geweiht sei, und der Tod schien ihr eine Erlösung – sie wäre vielleicht aus Schwäche und Erschöpfung eingeschlafen, wenn nicht die Erwartung des ehrwürdigen Vaters sie in fieberhafter Spannung gehalten hätte. Ihre Gedanken schweiften hinüber ins Vaterhaus.

Wie mag das arme alte Mutterherz zerrissen sein! Wird sie das Furchtbare überleben? Wie mag der greise Vater, die junge Schwester die Sorge und Pein ertragen? – Der Gedanke an ihre Lieben ist ihr tiefstes Weh. Doch die Teuren alle glauben an ihre Unschuld, das lindert die Qual trostloser Verlassenheit. Eine heiße Blutwelle flutet in ihr Angesicht – Dankmar von Kesselstatt! – Wird das zischelnde Gerücht der Lüge in der Ferne an sein Ohr dringen? Wird er der Verleumdung glauben, oder wird er später ihrer gedenken als einer unschuldig Gemordeten? O, daß er hiergeblieben! Er hätte ihr vielleicht treu und stark als Schirm gegen den Todfeind zur Seite gestanden. Ihm wäre es gelungen, sie vor de Bussy´s Rache zu schützen, denn er tat nichts halb. Ach, wenn er jetzt noch zurückkehrte, daß sie ihm vor der Hinrichtung noch einmal frei und fest ins Auge schauen, ihm durch ihren Blick sagen könnte: »Ich bin keine Hexe«, durch flehenden Ausdruck zu ihm sprechen könnte: »Tröste, beschütze meine alten Eltern!« Weg mit den furchtlosen Träumen! – Matt und todestraurig legte sie den schmerzenden Kopf auf das Stroh. Auf das Erscheinen des Beichtvaters hoffte sie allein, als auf den Retter aus der Seelennot. Ach, warum kam er nicht? Versagte man ihr dennoch seinen geistlichen Beistand? Sollte sie vergeblich harren?

Da endlich klirrte ein Schlüsselbund, die Kerkertüre drehte sich kreischend in den Angeln, und des Wächters Laterne beleuchtete einen hohen Greis, der mit Augen voll Milde und Erbarmen auf die Leidende zuschritt.

»Gelobt sei Jesus Christus!« lautete sein Gruß. »In Ewigkeit Amen!«, fügte Jutta leise und glücklich hinzu; dann rief sie lebhaft: »Vater Spee, wie danke ich Gott und Euch selber, daß Ihr gekommen seid!«

Der Priester schüttelte wehmütig den Kopf: »Armes Kind, ich bin nicht der, den Du gerufen hast. Pater Spee weilt seit den Morgenstunden in der Petersburg beim Kurfürsten. Wir wissen nicht, was ihn zurückhält, doch fürchten wir, daß ihm ein Unheil zugestoßen. So komme ich an seiner Stelle. Ich bin der Pater Rektor.« Er beugte sich zu ihr und nahm leise ihre Hand in die seine. »Vertraue mir, meine Tochter. Sage mir in der heiligen Beichte alles, was Dein armes Herz bedrückt. Auch mir wurde vom Herrn über Leben und Tod die Macht, Dir Deine Sünden zu vergeben, geschenkt.«

Ach, warum hätte Jutta kein Vertrauen zu dem ehrwürdigen, liebevollen Greise fassen sollen? Sie erschloß ihm ihr ganzes Herz und fand wunderbare Beruhigung, Trost und Aufrichtung durch ihn, so daß sie fast heiter dem schmerzlichen Tode entgegensah, der ihr nun eine Sühne für ihr leider so unnütz dahingeflossenes Leben erschien.

»Ich verlasse Dich nicht mehr, meine Tochter, ich bleibe hier. Wir wollen gemeinsam beten, und dann – begleite ich Dich auf dem schwersten Gange«, sagte Rektor Panhauß tief bewegt. Sie taten, wie er vorschlug; sie beteten, bis der erste Frührotschimmer durch die Mauerluke drang.

Da wurde es lebendig rings umher. Die Henkersknechte kamen, um die Hexe abzuholen. Gehen konnte die Ärmste nicht mehr, die Schergen mußten sie tragen. Pater Rektor folgte auf dem Fuße. Als Jutta auf dem Karren saß, der sie zur Richtstätte führen sollte, hob sie ihr Auge dankbar zu dem Priester empor: »Wie gut läßt es sich sterben, mein Vater, mit solch einem Beistand an der Seite«, flüsterte sie.

Die Nachricht von der bevorstehenden Hinrichtung war wie ein Lauffeuer durch die ganze Stadt gedrungen. Sowie der Himmel über der örtlichen Bergkette, über den Ausläufern des Hochwaldes sich zu röten begann, zogen viele Menschen dem Hauche des Morgenwindes entgegen zum Stadttore hinaus über die Moselbrücke nach der Eurener Flur. Dort wurde ja nach altem Brauche neben dem Galgen der Scheiterhaufen errichtet. Das Hinausströmen der Bevölkerung nach der Richtstätte war freilich nicht annähernd so zahlreich, wie gewöhnlich in solchem Falle. Die Scharen, welche heute durch das Brückentor wanderten, schauten still und traurig vor sich nieder, wie bei einem Leichenbegräbnis; sie pilgerten nur hinaus, um der Verurteilten einen letzten Gruß zu weihen. Im Allgemeinen waren die Bürger empört, daß der Fremdling, dieser französische Marquis de Bussy, eine Tochter der Stadt als Hexe angeklagt und dann zum Feuertode hatte verdammen lassen.

Vor dem Portale der Königsburg hielt die Zandt´sche Kalesche[24]. Trotz des Abmahnens der Freunde wollten der Vater und die Brüder auf den einen schmerzlichen Trost nicht verzichten, noch einmal Jutta´s Antlitz zu sehen, bevor sie in Feuersqualen starb. Ja, sie wollten bei dem grausigen Schauspiel mit festem, treuem Liebesblicke in ihr brechendes Auge schauen, um so der scheidenden Seele Kraft, Trost und Mut zu verleihen.

»Sollte man uns den flehentlichen Wunsch nicht gewähren, noch einige Abschiedsworte zu ihr im Hofe des Rathauses zu sprechen, ehe sie zur Richtstätte gebracht wird?«, warf in plötzlicher Eingebung der alte Freiherr ein.

Dem Worte folgte die Tat. Wirklich, man wagte es nicht, den greisen Vater, die Brüder und Freunde zurückzuweisen, welche von der Verurteilten an der Schwelle der Ewigkeit Abschied nehmen wollten. Es war ein erschütternder Anblick, wie der Greis in wortloser Umarmung die dem furchtbaren, bereits so nahen Tode geweihte Tochter ans Herz schloß. Jutta erbebte. Sie legte ihr Haupt an die Schulter des geliebten Vaters, schaute auf und flüsterte: »Mein Vater, vergib mir alles, womit ich Dich beleidigte. Grüße auch die arme Mutter und bitte sie statt meiner um Verzeihung.«

Da verlor der gequälte Mann alle mühsam bewahrte Selbstbeherrschung; er sank haltlos vor ihr nieder, umklammerte ihre Knie und stammelte in ergreifenden Lauten: »Bitte mich nicht um Verzeihung, mein Kind, es zerreißt mir das Herz. Ich selber, ich selber trage die Schuld. Hätte ich Deine Schwächen bekämpft, hätte ich Deine Eitelkeit nicht groß werden lassen, so säßest Du nicht auf dem Henkerskarren. O Kind, verzeihe Deinem allzu nachsichtigen Vater!« Mit fast mitleidiger Zärtlichkeit beugte sie sich zu ihm nieder, schaute sie in sein Auge: »Liebster Vater, verwundet nicht mit solcher Rede

24 Wagen mit Faltverdeck und Pferdegespann.

Euer Herz und mein eigenes. Mein Tod sühnt alles. Dort oben sehen wir uns wieder nach kurzer Spanne Zeit.«

»Macht ein Ende! Das Volk wartet«, riefen ungeduldig die Henkersknechte.

Johannes von Zandt ließ die Verurteilte frei. Er erhob sich und trat zurück, bleich, wie sie selber. »Meine Söhne, nehmt Abschied von der Schwester«, kam es dumpf, kaum verständlich von seinen Lippen. »O, Werner, Werner, mein Liebling, Du hier, welches Glück!«, rief Jutta freudig überrascht. »Tröste die Eltern!«

»Weg mit der Hexe nach dem Eurener Flur!«, rief einer der Schergen und schlug mit der Peitsche nach den Hunden, die vor den Karren gespannt waren. Die Tiere ziehen an; die Henkersknechte schrien Halloh! So soll es zur Richtstätte gehen.

In diesem Augenblicke erschien am Eingange ein hoher Mann in schwarzem Talar: »Haltet ein, die Jungfrau ist begnadigt!«, rief er mit starker Stimme und hielt eine Pergamentrolle in die Höhe. »Begnadigt!«, schallte es wieder von den hohen Wänden, dann wurde es still. Wie versteinert standen alle Menschen und harrten staunend. Pater Spee aber, er war es selber, drang eilig vor: »Bindet die Jungfrau los, ohne Verzug, sie ist gerettet! Unser gnädiger Landesherr gibt sie frei«, so herrscht er die säumigen Knechte an und entrollt vor den Augen des Statthalters den Pergamentbogen des Kurfürsten Philipp Christoph.

»Wahrhaftig, die Jungfrau Jutta von Zandt ist begnadigt und frei«, spricht Herr Claudius von Musiel und winkt mit der Hand, der Gefesselten die Banden abzunehmen. Klirrend sinken die Ketten zu Boden. Die Befreite aber, die nicht weiß, wie ihr geschieht, vermag es nicht, sich zu erheben.

Da kommen die Brüder mit einer Sänfte. Die Ritter Dankmar von Kesselstatt und Kunz von Umbscheiden heben die edle Jungfrau hinein. Im Triumph geht´s dann zur Königsburg. Freiherr Hans von Zandt und die beiden Jesuitenväter folgen.

Im Hausflur der väterlichen Burg schaut Jutta wie aus einem Traume erwachend um sich. »So soll ich also nicht sterben! Ach, ich war so gut vorbereitet«, sagt sie fast bedauernd.

»Liebes Kind, halte Dich immer bereit, so wird kein Tod Dir schrecklich sein«, mahnt Friedrich von Spee. »Mein Vater, Eure Worte werde ich beherzigen«, versicherte Jutta ruhig und ernst mit dankbarem Blick. »Nun klopft Mutter und Schwester heraus, sie sollen sich mit uns freuen. Und dann sorgt für eine kräftige Morgensuppe«, verordnete Hans von Zandt und bemühte sich vergeblich, die überwältigende Rührung zu verbergen.

Ja, das war ein wundersames, mit Wehmut und tiefer Bewegung gemischtes, groß empfundenes Glück! Dem Pater Spee hätte man in überströmendem Dank den Saum des Gewandes, die Schuhe küssen mögen. Alle, auch die alte Mutter und Isengard drängten sich zu ihm, um Dankesworte zu stammeln.

»Wie war es nur möglich, ehrwürdiger Vater, daß Ihr dem gestrengen Landesherrn noch in der letzten Minute die Begnadigungsurkunde abranget?«, fragte Hans von Zandt.

Pater Spee lächelte. »Ein leichtes Stück Arbeit war das freilich nicht; aber ich hatte das Dekret doch schon gestern Abend in den Händen, als ich zu später Stunde aus der Petersburg entlassen wurde. Da eilte ich, wie Ihr denken könnt, sogleich freudig zum Rathause. Die Wächter aber, die nicht lesen konnten, verlachten mich mit meiner Kurfürstlichen Urkunde und warfen mich fast zur Türe hinaus. Damit die Unschuldige keine Minute länger, als nötig, gefangen sei, versuchte ich, den Statthalter herauszuklopfen, auf daß er mich zum Rathause begleite. Ob die Dienerschaft wirklich nicht hörte, daß ich den Türhammer in rastlose Bewegung setzte, oder ob sie aus Trägheit nicht hören wollten, weiß ich nicht. Es wurde nicht geöffnet. Dasselbe begegnete mir hier an der Königsburg, wo ich mitten in der Nacht die frohe Kunde von der Rettung noch überbringen wollte.«

Freiherr von Zandt nickte. »Ja, das glaube ich. Wir alle hier oben waren so vertieft in unsere Beratungen, daß wir auf ein Geräusch von außen nicht achteten; und die Dienerschaft, welche freilich auch nicht schlief, wagte in ihrer Bestürzung und Furcht keinen falls, in der Nacht das Haus zu öffnen.«

»Warum hielt Serenissimus Euch so lange zurück?«, forschte Pater Rektor.

»Ich hatte Seinen Kurfürstlichen Gnaden, wie Ihr wißt, ein Buch gegen das Hexenverbrennen zu lesen gegeben. Als er mich gestern Morgen rufen ließ, sprach er, weit entfernt, mir über die Kühnheit zu zürnen:

›Ich habe das Werk mit großem Interesse gelesen, seine Gründlichkeit hat mich stutzen gemacht. Ich verlor wahrhaftig die Zuversicht, daß man mit dieser Art der Blutjustiz auf rechtem Wege gehe. Nur müßt Ihr mir, wenn ich Eure Hexe begnadigen soll, noch Aufklärung über manche Punkte gerade dieses Falles geben.‹ Das vermochte ich mit bestem Gewissen, und Philipp Christoph hatte schließlich nur mehr ein Bedenken, nämlich die Furcht, den französischen Kommandanten durch den Gnadenakt zu beleidigen. Meine Vorstellungen machten ihm endlich klar, daß er als gerechter Fürst nicht anders handeln dürfte, als die Angeklagte zu vollständiger Straflosigkeit zu begnadigen. Er unterschrieb den Akt schon am Nachmittage; aber er hatte, wie er sagte, nun einmal so viel Gefallen am gelehrten Disputieren gefunden, daß er mich nicht fortlassen wollte.

›Hier bleibt Ihr! Sobald kriege ich Euch doch nicht mehr zum Gefecht‹, sagte er lachend; und ich mußte gestehen, ich selber fand Geschmack an dem Streite; seine geistvolle Art lockte und reizte mich zugleich. So tat ich nur allzu gerne, was ich im Übrigen tun mußte, um den Gestrengen bei guter Laune zu erhalten und die Verurteilte zu retten.« »Möge der Himmel Euch lohnen, was wir nie vergelten können«, sprach Herr von Zandt mit großer Innigkeit.

Die Mutter warf einen Blick liebevoller Besorgnis auf das marmorbleiche Antlitz des erschöpften Kindes. Die Stunden der Qualen und der Angst hatten tiefe Spuren in Jutta´s Züge eingegraben. Frau Mechthild erkannte, daß die Gefolterte nun tiefster Ruhe und treuer Pflege bedurfte. Ein Wink mit den Augen, und Isengard erhob sich, um den Rollstuhl der Schwester ins Rebengemach zu schieben, Kunz von Umbscheiden aber eilte, ihr zuvorzukommen. Während er den Sessel behutsam ins traute Kämmerlein schob, lehnte Jutta den schönen Kopf zurück und sprach leise: »Mein Freund, ich danke Euch und werde es nie vergessen, daß Ihr so mannhaft für mich eingetreten seid.« Sie bot ihm mühsam die mit Leinen verbundene Rechte. »Tag für Tag will ich den Schöpfer bitten, daß er Euch glücklich mache, daß Euch zu teil werde, was Ihr ersehnt.«

Nun war es zu Ende mit seiner Fassung. »Wenn das Eure wahre Meinung ist, wenn Ihr das wirklich wünscht, nun, so steht es in Eurer Macht, den Wunsch zu erfüllen: Gebt Euch selber mir zu eigen als mein liebes Weib«, brachte er hervor. Er wußte genau, welche Antwort erfolgen würde, aber es war ihm unmöglich, mit seinem Begehren zurückzuhalten.

»Lieber Freund, ich darf nicht Ja sagen«, entgegnete sie leise. »Die letzten Ereignisse haben mir deutlich gezeigt, wie ernst das Leben ist, und wie viele und große Pflichten ich als Arbeiterin der elften Stunde im Weinberge des Herrn noch übernehmen muß. Ich glaube, in den schrecklichen Erfahrungen des gestrigen Tages und in der wunderbaren Rettung einen deutlichen Beweis von Gottes Hand zu erblicken, daß er mich zum Ordensleben berufen hat, zu einer Tätigkeit, die nur dem Dienste der Armen und Kranken gewidmet ist.« Kunz nickte und brummte vor sich hin: »Alberner Bursche, warum treib es Dich an, durchaus Dir einen Korb zu holen! Nun ist´s aus – und es ist gut. So oder so mußte die Ungewißheit enden.« Lauter sprach er: »Ja, ja, Jungfer Jutta, weiß schon, vom Klostergehen reden alle jungen Fräulein so lange, bis der Rechte wirbt. Und ich bin, weiß Gott, selbstlos genug, daß ich Euch wünsche, derjenige, dem Ihr im Herzen zugetan seid, möge Euch begehren.«

Da mußte Jutta trotz aller Qualen fast lächeln. Sie streckte dem Riesen nochmals die Hand hin und sagte warm: »Lieber Kunz, wie glücklich könntet Ihr ein Weib machen mit Eurem goldenen, kindlichen Herzen! Vermählt Euch doch mit der, die Euch so sehr, so innig liebt, mit Käthe Reulandt.«

»Mit der Käthe? Nein, nie und nimmer, lieber heirate ich einen Ameisenhaufen!«, fuhr Kunz empört in die Höhe. »Aber wenn das Euer Ernst ist mit dem Ordensleben, wenn Ihr wahrhaftig ins Kloster gehen wollt, so möchte ich fast auch – nein, weiß der Henker, ich habe eigentlich gar keinen Beruf zum Klosterleben. Aber dreinschlagen kann ich, daß die Funken sprühen, und das werde ich auch tun den schädlichen Franzosen gegenüber, welche hier die Schuld an allem Unheil tragen. Gnade denen Gott, wenn ich meinen Zorn an ihnen auslasse!«

Im Weggehen beschrieb Herr Kunz von Umbscheiden mit der Rechten einen Kreis, als ob er ein tüchtiges Schwert handhabe.

Als die Mutter und Isengard jetzt zu der Erschöpften ins Gemach traten, um ihr Pflege und Hilfe angedeihen zu lassen, lehnte diese zu deren Staunen und zu deren Freude da mit einem Lächeln auf den bleichen Lippen.

XII. Die Schwestern

Wieder geht ein Frühlingsahnen durch das Trierer Land. Wir finden Jutta im Zandt´schen Edelhofe bei Schweich, wo Dankmar von Kesselstatt sie vor einem Jahre in ihrer liebreizenden Frische, ihrer freundlichen Jugendschönheit kennen lernte. Arme Jutta! In mehr liegender, als sitzender Haltung ruht sie in ihrem so traut und anmutig ausgestatteten Lieblingsgemach. Ihr holdes Antlitz ist fast so weiß, wie das Atlaskissen, auf dem ihr von goldblonden Locken umflossenes Haupt lehnt, und in dem träumerischen Ausdruck ihrer blauen Augen liegt noch etwas wie tränenfeuchter Flor. Harmonisch mit dem Ernst der ehemals so strahlenden Schönheit umfließt in schweren Falten ein schwarzes Samtkleid die so zart gewordene Gestalt. Arme Jutta! Nach jenen schrecklichen Stunden, bei deren Erinnerung sie heute noch bebt, nach den Tagen, in denen sie den erlösenden Tod ersehnte, hatte ein verzehrendes Fieber sie monatelang aufs Lager gebannt. Der ganze Winter mit dem Schnee und Sturmeswüten war vorüber gegangen, ohne daß sie es beachtet; doch mit dem Winter wich allmählich auch die Fieberglut. Sie erwachte zu bewußtem, ruhigem Leben; die Ruhe der Seele fand sie nicht wieder. Ohne Unterlaß schwebte ihr jene schreckliche Hochgerichtsszene vor, die ihr ganzes irdisches Glück, all ihren Lebensmut, all ihr Selbstgefühl vernichtete und sie zu einer Ausgestoßenen machte. Sie hörte nicht auf, sich darüber zu erforschen und sich zu beunruhigen, wie groß wohl die eigene Schuld bei jener furchtbaren Anklage gewesen. Es gab verzweiflungsvolle Augenblicke, in denen sie wünschte, Gott möchte sie durch den Feuertod alle begangene Eitelkeit haben sühnen lassen. Vater Spee, der sie zuweilen besuchte, und dem sie rückhaltlos ihre Gedanken offenbarte, tröstete sie lächelnd mit den Worten: »Mein Kind, Du warst noch nicht reif für den Himmel. Der gütige Gott gibt Dir noch Zeit, die Pfunde zu nützen, die er Dir verliehen, noch Zeit, tätig zu sein und Gutes zu üben in seinem Dienst und in dem der Menschheit.« Solche Worte des teilnehmenden Seelenarztes gaben ihr mehr Kraft zur Genesung, als die Mixturen der gelehrten Doktoren. »Nur keine neue Aufregung, nur Ruhe, freundliche Umgebung und frische Luft!«, verordneten diese.

Sobald daher die erste milde Frühlingssonne sich durch die gefrorenen Fensterscheiben stahl, sobald der bebende Sonnenschein da draußen die ersten Schneeglöckchen ans Licht gelockt hatte, ließ Freiherr Hans die große alte Kalesche anspannen und sandte Jutta in Begleitung von Mutter und Schwester nach ihrem Lieblingshofe bei Schweich. Hier in der köstlich reinen Luft soll sie vollends gesunden. Und wirklich, obgleich jene gelinde Mattigkeit, welche die Genesung begleitete, sie noch beherrschte, empfand sie eine ungeahnte, nie gefühlte Freude in dem Bewußtsein, zu leben. Ja, das Erdenleben, das allen Reiz für sie verloren, begann ihr wieder lieb zu werden. Wie tätig wollte sie in Zukunft sein! Mit dem Entzücken eines Kindes labte sie sich nun an dem Anblick der Sonnenstrahlen, schaute sie den lichten Wölkchen nach. Mit kindlicher Freude auch beobachtete sie die munteren Buchfinken in den noch kahlen Ästen, verfolgte sie das allmähliche Wachsen der Knospen vor dem Fenster. Wie wundervoll war das alles! Da trat rasch, mit freudestrahlender Miene Isengard ein, sie legte ein duftendes Veilchensträußchen in der Schwester Schoß: »Hier, Prinzeßchen, der Lenz sendet Dir seinen Gruß und läßt Dir durch mich seine zarte Huldigung darbringen«, sagte sie lächelnd. »Ist´s möglich, schon Veilchen!«, rief Jutta beglückt. »Ja, sie blühen im Park dicht neben der Hecke, ich staunte selber, als ich sie fand«, entgegnete Isengard und fügte hinzu: »Wir brauchen uns nicht zu wundern, denn heute ist der Tag des heiligen Casimir, der vierundzwanzigste März, und wir haben, mit Schrecken denke ich jetzt daran, zum ersten Male vergessen, unserem verehrten alten Herrn Grafen Kesselstatt zum Namensfeste Glück zu wünschen.«

»Ach, wie schade! Können wir es nicht noch nachholen?«

»Ja, ja. Der Lukas soll sofort den Braunen satteln, und ich bemale derweil einen Bogen mit unseren Glückwünschen.«

Isengard schritt hinaus. Jutta schaute zärtlich der stolzen Mädchenerscheinung mit den so lieblich abgerundeten Formen und der edlen Haltung nach, sie dachte dabei lächelnd: »Wer möchte wohl den lang aufgeschlossenen zu allen Schelmstreichen aufgelegten Backfisch des vorigen Jahres in dieser schönen, vornehmen Jungfrau wiedererkennen? Die Veränderung ist unglaublich. Freilich, die Maiensonne vermag in einem Tage die herb geschlossene Rosenknospe zur vollen Blüte zu erwecken.«

Die früher an Charakter und Lebensansichten so verschiedenen Schwestern hatten einander gesucht und sich auch wunderbar gefunden. Sie hatten sich gegenseitig ergänzt und belehrt und freuten sich nun unsäglich der vollendeten Übereinstimmung in ihren Gesinnungen. Auch mit der ältesten Schwester, Margarethe, der Äbtissin im Kloster Marienburg, pflegte Jutta jetzt so eifrigen Briefwechsel, wie die Ungunst der Zeiten ihn erlaubte. Der Umstand aber gerade war es, welcher Isengard in Bekümmernis versetzte. Sie wollte so gern alles wissen, was die geliebte Schwester betraf; doch Jutta war zurückhaltend und machte ein Geheimnis aus dem Inhalte dieser Briefe, der sie jedes Mal nachdenklicher als gewöhnlich stimmte.

Eben trat Isengard mit einem Pergamentblatte in der Hand wieder ein.

Sie zog einen kleinen Tisch ans Fenster und nahm dahinter Platz.

»Die Glückwünsche der Mutter muß ich ebenfalls auf dem Bogen anbringen; sie war nicht wenig erschreckt, als ich sie auf unser Versäumnis aufmerksam machte«, plauderte sie und begann emsig ihre Schnörkel zu malen. Gleich darauf hob sie den Kopf. »Ei, da reitet ja einer zum Hoftor herein.« Sie reckte den Hals und suchte sich im farbigen Fenstergemälde das helle Gewand eines Ritterfräuleins aus, um hinunterzulugen. »Wahrhaftig, das ist der Heinrich aus der Kesselstättischen Burg! Welche Botschaft mag der zu bestellen haben?«, rief sie verwundert. »Hoffentlich nichts Schlimmes«, flüsterte Jutta gepreßt. »Nein, nein, er lächelt und bringt ein großmächtiges Packet. Was kann nur darin sein?«

Isengards Ungeduld wurde ziemlich lange auf die Probe gestellt. Dann kam Frau von Zandt mit einem Riesenstrauß prachtvoller, in allen Stufen des Farbenwechsels prangender Rosen, der beiden Töchtern den Ausruf hoher Bewunderung entlockte.

»Ja, staunt nur, Kinder, der alte Herr Graf beschämt uns; er sendet uns Säumigen das schönste Angebinde, welches er heute erhielt.«

»Wie ist´s nur möglich, solche Fülle köstlicher Rosen um diese Jahreszeit zu erzielen?«, fragte Jutta und berührte wie kosend mit den Fingerspitzen die duftenden Blumen. »Die Rosen stammen aus dem Gewächshause der Jesuiten«, berichtete Frau Mechthild. »Die Väter befassen sich ja auch im Winter mit sorglicher Blumenzucht, um die Altäre zu zieren. Zu Ostern brauchen sie sich freilich um den Schmuck ihrer trierischen Kirchen nicht mehr zu kümmern; Heinrich erzählte mir, die Väter rüsten sich zum Auszuge. Der Kurfürst habe mit seinen Drohungen Ernst gemacht und den Mitgliedern des Ordens befohlen, schon übermorgen die Stadt zu verlassen. Die Bestürzung und die Erbitterung darüber unter der Bevölkerung der Stadt sei groß.«

»So werden die armen Väter morgen am Passionssonntage auch einen rechten Leidensweg antreten, und wir müssen auf deren tröstlichen Zuspruch und deren geistliche Hilfe verzichten«, seufzte Jutta. Isengard rief heftig: »Da wollte ich aber doch, daß unsere Truppen endlich dem bösen Treiben unseres Landesherrn ein Ende machten!

Warum verweilen sie noch länger zögernd in Luxemburg? Ich finde es natürlich, daß viele unserer kriegsfähigen Trierer freiwillig die Stadt verlassen, um sich in den Dienst der gerechten Sache gegen den Kurfürsten und gegen die Franzosen zu stellen. Der Vater sagt, wenn letztere jetzt, nachdem die Macht der Schweden von den Kaiserlichen vernichtet wurde, nicht an deren Stelle das Zerstörungswerk in Deutschland fortsetzen, so wäre mit dem Siege bei Nördlingen vor einem halben Jahre schon der furchtbare und zwecklose Völkerkrieg zu Ende gewesen. Mit welch´ heiligem Zorn, mit welch´ ehrlicher Tatenlust stürmten damals, vor nunmehr fast zwei Monaten unser Bruder Werner und Dankmar von Kesselstatt fort nach Luxemburg!« Isengard errötete beim Gedanken daran selber vor Begeisterung, fügte aber nach einer Weile fast traurig hinzu: »Der Herr Graf hatte es so eilig, daß er kaum Abschied von uns nahm, und noch immer sind die ritterlichen Befreier nicht erschienen. Was kann sie zurückhalten? Möge Gott mit ihnen sein, sie behüten und ihnen Kraft verleihen!« »Dazu sage ich Amen«, sprach die Matrone und fuhr fort: »Graf Casimir läßt uns durch Heinz sagen, er habe zum Feste gute Kunde von seinem Sohne und von den unsrigen empfangen.«

»So sei der Herr gepriesen!«, riefen beide Töchter gleichzeitig. Frau Mechthild berichtete weiter, wobei es fast wie ein Lächeln über ihre Züge huschte: »Heinz hat noch eine Nachricht, an welcher namentlich Du, liebe Jutta, lebhaften Anteil nehmen wirst. Otto von Wittgenstein führt in aller Stille die kleine Gertrud von Hontheim an den Traualtar.« »O, wie mich das freut, wie sehr mich das beglückt!«, rief Jutta strahlend, fast mit der früheren Lebhaftigkeit.

Isengard lachte. »Ich hätte dem schlauen, glatten Edelmann ohne Tadel wirklich nicht die Unbesonnenheit zugetraut, daß er nach allem, was geschehen, sich bei Dir noch einen regelrechten Korb holen würde, ehe er zu der schmachtenden Gertrud zurückkehrte.«

»Und ich rechne es ihm hoch an und danke ihm, daß er trotz dem Gerede der Leute, in deren Augen ich nun einmal die Hexe bleibe, mich zu seinem Weibe erheben, mir seinen unbescholtenen Namen geben wollte«, versicherte Jutta ernst.

Isengard schüttelte den Kopf. »Du siehst zu trüb. Ich bitte Dich, liebstes Schwesterchen, gib Dich nicht solch schwermütiger Kopfhängerei, solcher Selbstpeinigung und Gefühlsverdüsterung hin. Ich glaube, Du wärst imstande, nur aus Verzagtheit an Dir selber alle Männer zurückzuweisen, die um Dich werben, selbst wenn Du einen liebtest. Ist´s nicht so?«

Es gibt Augenblicke, in denen das Herz so voll ist, daß eine teilnehmende Frage dieselbe Wirkung hervorbringt, wie der in ein volles Gefäß fallende Tropfen: es fließt über. Bei Isengards so liebevollen und besorgten Worten vermochte Jutta´s Zurückhaltung nicht länger Stand zu halten. »Ja«, sprach sie mit fester Stimme. »Ich werde niemals einem Manne angehören. Nicht die Verzagtheit an mir selber oder gar Furcht, daß die Welt mich zeitlebens mit Mißtrauen kränken werde, ließ mich meinen Entschluß fassen. Ich will als Klosterfrau mich ungeteilt dem heiligen Dienste Gottes widmen, denn ich fühle mich mächtig dazu hingezogen. Glaubt nicht, daß der Entschluß einer augenblicklichen trüben Stimmung entspringt. Nein, er ist das Ergebnis langer, reiflicher Prüfung. Schon ehe jenes furchtbare Ereignis eintrat, welches meine ganze Geistesrichtung auf andere Bahnen schleuderte, ja, zu einer Zeit, als – ich will es Euch Lie-

Hexenprozess: Mit der »Hexenwaage« sollte festgestellt werden, ob die Frau leichter war als normal – dann war sie eine Hexe, sie hatte nämlich ihre Seele an den Teufel verkauft. Wog sie allerdings mehr als erwartet, hieß es oft, sie habe die Waage durch die Macht des Teufels verhext …

Hexenverbrennung nach dem »Prozess«.

ben rückhaltlos bekennen – mein eitles Herz zum ersten Mal wahre innige Neigung für einen Mann empfand, da habe ich, durch Vater Spee´s Schriften angeregt, mir wieder und wieder die Frage vorgelegt, ob ich zum Ordensstande berufen sei. Ich betete unablässig um Erkenntnis. Die Antwort Gottes wurde mir in jenen Schreckenstagen deutlich zuteil. Der Gedanke erfüllte mich mit Glück, im Kloster Entsagung und Buße zu üben und so eine würdige Braut des Herrn zu werden. In der Sorge für die Kranken und Armen werde ich auch den verlorenen Seelenfrieden wiederfinden. Versuchet nicht, mein Vorhaben zu erschüttern, es wäre vergeblich. Auch unsere Äbtissin, unsere Schwester Margarethe, der ich mein ganzes Innere entschleierte, bestärkte mich in meiner Absicht. Mit unwiderstehlicher Gewalt zieht´s mich zum Benediktinerorden hin. Sobald ich meine Gesundheit vollständig wiedererlangt habe, trete ich zu Trier in Sankt Irminen ein. Wie schwer mir auch die Trennung von Euch fällt, dem Rufe Gottes muß ich folgen. So, nun ist´s heraus, was mir lange schon schwerfiel, Euch zu sagen«, schloß sie mit tiefem Atemzuge.

Isengard nickte verständnisvoll: »Ich ahnte es«, sprach sie leise. Die Mutter aber konnte bei der ihr so ganz unerwarteten Eröffnung Jutta´s die Tränen nicht zurückhalten. »Müssen wir wirklich das Opfer bringen, auch Dich, mein teures Kind, dem lieben Gott abzutreten, soll denn keine unserer Töchter in der Welt verbleiben?«, klagte sie.

»O, Mütterchen!«, rief Jutta, sprang auf und schlang die Arme um den Hals der Weinenden. »O Mütterchen, eine bleibt! Seht Euch doch Isengard an und fragt, ob sie in ihrer Charakteranlage Berufen zum Klosterleben habe, trotzdem ihr das an der Wiege gesungen und ihr in frühester Kindheit eingeredet wurde. Mit ehrlichem ›Ja‹ könnt Ihr nicht antworten. Kind, Du brauchst nicht zu erröten und Dein Gesicht zu verbergen. Es wäre tausendmal schlimmer, wenn Du durch allzu frühen, unreifen Beschluß Dich gebunden erachtetest, ohne Beruf ins Kloster zu gehen, als wenn ich, ohne auf den Ruf des Herrn zu hören, ferner in der Welt verbliebe.«

Durch Tränen lächelnd wandte sich Frau von Zandt von einem der Kinder zum anderen. Sollten denn wirklich die Rollen der Töchter vertauscht werden? Sollte die verwöhnte, zarte Jutta den ernsten, so viele Opfer fordernden Wirkungskreis im Ordensleben antreten, die mutige Isengard dagegen, die mit ihrer Gelehrsamkeit sich so gut zur Äbtissin geeignet hätte, ihre Bestimmung in der Welt, vielleicht sogar als Hausfrau finden?

»Rasch, Isa, vollende Dein Schreiben, füge unseren Glückwünschen auch unseren herzlichen Dank bei; dann wollen wir mit einander in den sonnigen Park wandern. Ich möchte meine Gehkraft erproben, und mich dürstet nach frischer Frühlingsluft«, sagte Jutta.

Isengard willfahrte. Bald darauf wandelten die Schwestern Arm in Arm auf den verschlungenen Wegen des Parkes, ein wunderliebliches Bild!

Ein Schönheitsrichter würde in Verlegenheit gekommen sein, welcher der beiden Jungfrauen er den Preis zuerkennen sollte.

Der vertraute Diener des alten Freiherrn von Zandt, unter dessen eilig herannahenden Schritten der Kies knirschte, hielt sich nicht auf mit der Lösung dieser Frage. Er berichtete kurz, daß er aus Trier vom gnädigen Herrn gesandt sei, um die Damen ohne Verzug in Sicherheit dorthin zu geleiten. Es sei mancherlei im Werke, und der gnädige Herr sei um keinen Preis gewillt, seine Damen der Willkür zügelloser Krieger auszusetzen; innerhalb der vielleicht bald belagerten Mauern Triers seien sie jedenfalls eines besseren Schutzes gewärtig. Das klang ja wenig tröstlich. Die Damen beeilten sich, halb betrübt, halb hoffnungsfroh, den von Trier aus geschickten Reisewagen mit Lieblingsgegenständen vollzupfropfen und dann sich selber dem großen Kasten anzuvertrauen. Darauf rasselte das Fuhrwerk auf holprigem Wege der Hauptstadt des Erzstifts zu.

Nicht wenig erstaunt waren die drei, als sie die Sankt Simeonskirche, die uralte römische Verteidigungsfeste »Porta Nigra« von oben bis unten mit tätigen Bauleuten belebt sahen.

»Der allergnädigste Landesherr beabsichtigt, ein Bollwerk aus der Kirche zu machen«, erklärte der Kammerdiener, indem er sich umwandte.

»Wo aber sind die Stiftsherren von Sankt Simeon hingekommen?«, fragte Isengard.

Der Diener zuckte die Achseln: »Wo anders hin, als nach dem Dreifaltigkeitskollegium? Die Herren Jesuiten dürfen sich nur mehr in ihrem Novizenhause am Krahnentore aufhalten und haben die Weisung, ihre Niederlassung vollständig zu räumen. Der gute Herr Rektor Panhauß – ich glaube, im ganzen Rheinlande ist sein Name mit goldenen Buchstaben eingegraben – machte viele vergebliche Versuche, zu Serenissimus zu gelangen, um womöglich einen Widerruf des harten Befehls zu erwirken. Er wurde aber beharrlich abgewiesen, obgleich der erste Kämmerer, Herr Wiedmann, sich inständig für ihn verwendete. Auf die Gnade des Landesherrn hofft er nicht mehr; aber sein Vertrauen auf die göttliche Hilfe ist nicht erloschen. Für die zweitägige Frist, die den Patres hier noch übrigbleibt, hat er ein vierzigstündiges Gebet angeordnet, das von heute Mittag bis zum Montagmorgen ohne Unterbrechung in der Kapelle des Novizenhauses am Krahnentore von den Sankt-Ignatien-Vätern fortgesetzt werden soll.«

»So wollen auch wir, sobald wir den Vater begrüßt haben, nach der Kapelle in der Krahnenstraße eilen, um unser Gebet mit dem der Jesuiten zu vereinen«, entschied Jutta, als sie an der Königsburg dem schwerfälligen Reisewagen entstiegen.

XIII. Auf Tod und Leben

Es war in der Nacht vom 25. auf den 26. März 1635. In der Stadt Trier herrschte tiefe Finsternis. Nichtsdestoweniger entfaltete sich reges Leben in dem unteren Teile der dem Moselufer sich zusenkenden Krahnenstraße. Die Bürger wußten, daß die Väter der Gesellschaft Jesu während der ganzen Nacht in der inbrünstigsten Andacht vor dem Allerheiligsten auf den Knien lagen, und daß der Pater Rektor gegen vier Uhr die letzte Segensmesse halten wollte, worauf die Mitglieder des Kollegiums, wenn nicht noch wunderbare göttliche Hilfe gesandt werden sollte, sich zum Auszuge rüsten mußten.

So drängten sich schon um drei Uhr erste Scharen in das hell erleuchtete Innere der kleinen Kirche. Doch nur den geringsten Teil derer, die gekommen waren, konnten die Kapelle fassen, auch der weite Klosterhof wurde überfüllt mit frommen Betern.

Vor den im Lichtermeer strahlenden Altar der Kapelle trat der Pater Rektor. Weihrauchwolken hüllten das Heiligtum ein. Alle Knie beugten sich, alle Häupter senkten sich. Das hl. Opfer begann. O, welch´ heißes inbrünstiges Flehen stieg empor aus aller Herzen! Die Trierer hatten freilich keine Hoffnung mehr, daß die seeleneifrigen, ihnen so vertrauten Väter, deren Orden seit nunmehr fünfundsiebzig Jahren dem Erzstift reiche Segnungen gebracht hatte, der Stadt erhalten bleiben würden. Mit Ergebung in Gottes heiligem Willen beschränkte sich das allgemeine Gebet auf die innige Bitte für das Heil der teuren Scheidenden. Da gab es nicht wenige, welche den Jesuiten ihre Errettung von leiblichem oder geistigem Tode zuschrieben. Unter Tränen beteten diese für ihre Befreier, für ihre Seelenführer. Kein Auge blieb trocken, als der ehrwürdige Pater Rektor zum letzten Male den hl. Segen erteilte.

In demselben Augenblick vernahm man ganz nah das rasch aufeinander folgende Knattern von Gewehrfeuer, zugleich ertönte vom Moselufer her mächtig und gedehnt der anschwellende Ruf: »Jesus, Maria, Joseph!«

Der Rektor fuhr auf. Verklärten Auges richtete er einen Dankesblick auf den Altar, dann wandte er sich zum Volke und sprach tief bewegt: »Der Herr hat uns erhört. Wir werden nicht vertrieben. Die Losung kenne ich: Als ich vor fünfzehn Jahren Feldpater war, habe ich den frommen Schlachtruf: ›Jesus, Maria, Joseph‹, auf dem Weißenberg von den siegreichen Kaiserlichen vernommen. Es war am Sonntage, an welchem das Evangelium verkündet wurde: ›Gebet Gott, was Gottes, und dem Kaiser, was des Kaisers ist‹, als jener denkwürdige Sieg Tilly´s im Laufe einer einzigen Stunde das Schicksal Böhmens und des Winterkönigs entschied.«

Kaum hatte der Pater diese Worte gesprochen, so stimmten alle Anwesenden wie aus einem Munde das Lied an: »Großer Gott, wir loben Dich.« Noch war das Tedeum nicht verklungen, da verließ eilig einer der Ordensmänner die geweihte Stätte, wie er glaubte, verstohlen. Sein heimliches Weggehen war aber nicht unbemerkt geblieben.

»O, nehmt mich mit, Vater Spee«, flehte es draußen dicht neben ihm mit weicher Frauenstimme. Überrascht erkannte der Angeredete im Zwielicht das zarte Edelfräulein Jutta von Zandt.

»Mein liebes Kind, wohin ich gehe, kannst Du mir nicht folgen«, flüsterte er. »Ich weiß, ich weiß, mein Vater, Euch drängt die Liebe und die Barmherzigkeit auf den Kampfplatz. Ihr wollt geistliche und leibliche Hilfe spenden. Dahin gerade nehmt mich mit, den Verwundeten beizustehen. Frauenhände sind dazu am Tauglichsten.« Schauerliches Waffengetöse kam näher und näher;

Titelbild der »Constitutio Criminalis Carolina« (1532) oder auch »Peinliche Halsgerichtsordnung Kaiser Karls V.« Die Hexenprozesse wurden nach den Regeln dieser Halsgerichtsordnung geführt..

schrecklich gellte der Schlachtruf der Kämpfenden, das herzzerreißende Angstgeschrei der Sterbenden.

»Zarte Frauen gehören nicht in das Mordgetümmel kämpfender Krieger«, sagte Spee ernst. »Wenn Du der guten Sache dienen willst, so eile nach dem nahen Sankt Irminenhaus und bitte die Klosterfrauen, ihre weiten Räume zur vorläufigen Aufnahme Verwunderter zu öffnen und alles zu deren Pflege vorzubereiten. Dort, mein opfermutiges Kind, darfst Du Deine Kräfte in den Dienst der Barmherzigkeit stellen.« »Dank Euch, mein Vater! Ich werde nach Eurer Weisung handeln«, flüsterte die Jungfrau demütig und glitt zurück ins Dunkel. Ihr zur Seite tauchte die hohe Gestalt Isengards auf.

»Du gehst, um Verwundeten und Sterbenden Trost und Hilfe zu spenden, und ich eile, um den Kämpfern einen vielleicht großen Dienst zu leisten«, sprach sie hastig und verschwand, ehe die erstaunte Schwester eine Frage stellen konnte.

Lärmen, Hauen, Musketen klangen nahe, ganz nahe wirr durcheinander.

»Was ist´s!«, rief Spee einen kurfürstlichen Soldaten an, der als Sendbote nach der inneren Stadt eilte. »Die Kaiserlichen kamen heimlich mit Schiffen die Mosel entlang geschwommen und haben die Krahnenpforte mit Petarden[25] gesprengt; nun stechen und schießen sie alles nieder. Die Franzosen aber halten verzweifelt zusammen und wehren tapfer den Eingedrungene«, berichtete dieser. Trommelwirbel, Trompetenlärm, Knattern der Musketen, Feuer und Pulverdampf, wer beschreibt das schreckliche Wirrsal, in dem die hohe Gestalt des Ordensmannes verschwindet!

Wie ein Strom, der den Damm durchbrochen, hatte sich eine Masse kühner Stürmender von der Moselseite her in die Krahnenstraße ergossen. Der Angriff war

25 Gefäße mit Sprengpulver und Zündschnur.

furchtbar; doch die Not erhöht Kraft und Gewandtheit, die Franzosen entfalteten ungeahnte Tapferkeit, so daß die Verwegenen, welche mit Gedankenschnelle in die Stadt eingedrungen waren, sich alsbald umzingelt und von ihren Schiffen abgeschnitten sahen. Gerade die Kühnsten der Stürmer mußten ihr Vordringen mit dem Leben büßen. Gehetzten Edelhirschen gleich von tobender Meute umringt, mußten sie dem Tode erliegen; keiner von ihnen kehrte zur Mosel zurück. Lautes Triumphgeschrei der Franzosen erfüllte die Luft. »Seht da den verwundeten kaiserlichen Offizier. Ach, den Rotbart kenne ich! Seine Petarde schlug die Bresche, durch welche die Kaiserlichen eindrangen. Ha, der Rote war der Erste, der Tapferste. Sein tolles Stürmen kostet ihm das Leben«, also vernahm Spee die Rede und Gegenrede. Im nächsten Augenblicke kniete er neben dem Gefallenen, sein brennendes Kienscheit beleuchtete ein bleiches Antlitz.

»Bei Gott, mein Freund, der tolle Tyle«, flüsterte er tief erschrocken. Ein Freudenstrahl aber brach aus des Sterbenden Augen. »Euch hat der Himmel mir gesandt, Vater Spee. Ihr brachtet mich einst zum Glauben der Väter zurück, Ihr sollt mir nun die Not der Stunde lindern. Ja, mein Leib ist tot müde und will zur ewigen Ruhe gehen, doch meine Seele ist wach und lebendig, sie möchte aller Sorgen ledig werden«, sprach er, ohne ein Glied zu rühren.

Der Jesuit neigte sein Ohr zum Munde des Freundes und hörte dessen Beichte.

»Versucht nicht, meinen Körper in Sicherheit zu bringen, der tolle Tyle stirbt an der Stelle, wo er fiel«, so wähnte der Verwundete dann der Fürsorge des Paters. »Seid guten Mutes«, flüsterte er noch. »Wenn wir auch hier zurückgeschlagen wurden, so hat das nicht viel zu bedeuten. Wir hier wollten die Franzosen nur ein wenig beschäftigen und ablenken. Unsere Hauptmacht unter dem Statthalter von Luxemburg, dem Grafen von Embden, sucht das Brückentor zu stürmen, und es wird mit Gottes Hilfe auch gelingen.« Seine Stimme war immer schwächer geworden, jetzt hauchte er: »Der tolle Tyle wird die Eroberung nicht mehr erleben. Es geht zu Ende. Meine Augen versagen, ich sehe Euch nicht mehr. Habt Dank für alles Gute und – lebt wohl. Außer Eurer Freundschaft habe ich auf dieser Welt wenig zurückgelassen.« Seine Hand tastete unruhig suchend umher. Spee nahm sie in die seine und sprach sanft: »Ihr geht nur auf kurze Zeit mir voraus ins Heimatland. Auch ich werde bald, das fühle ich, vor dem Angesicht meines Gottes stehen. Meine Pilgerfahrt ist zu Ende.« Tyle´s Finger schlossen sich krampfhaft um die des Paters, er atmete schwer, und nach wenigen Augenblicken war seine Seele entflohen. Spee drang weiter vor auf dem Schauplatz des Jammers als Engel des Trostes.

An der Krahnenpforte waren die Kaiserlichen wieder auf ihre Schiffe zurückgetrieben worden; dennoch läutete die Sturmglocke, Trommler und Trompeter liefen durch die Stadt, um alle die Waffenfähigen zum Kampfe zu rufen. Man hörte das fortwährende Knattern von Gewehrfeuer, hörte die Kartaunen[26] vom Brückentore krachen.

»Alle Mann nach der Brückenpforte!« Beflügelten Fußes eilten die Gewaffneten in Haufen nach dem bedrohten Tore.

In der Aufregung und Verwirrung beachtete keiner die Frauengestalt, welche lautlos und geschmeidig durch das Dunkel glitt. In einer Gasse, unfern der Mosel, öffnete sie mit dem Schlüssel rasch die Tür einer hohen Gartenmauer, trat ein und schloß wieder hinter sich zu. Wüstes Kampfgetöse drang vom Brückentore in den stillen dämmernden Garten, eine Besitzung der Familie von Zandt.

26 Schweres Geschütz, welches Eisenkugeln verschießt.

Die Evangelische Kirche zum Erlöser in Trier war ursprünglich eine römische Palastaula, erbaut als Audienzhalle der römischen Kaiser, die im 4. Jahrhundert in der Stadt residierten. An diese Zeit und Zweckbestimmung erinnert die Benennung nach Konstantin dem Großen als Konstantinbasilika.

Porta Nigra in Trier, besterhaltenes römisches Bauwerk nördlich der Alpen, UNESCO Weltkulturerbe.

Isengard, sie war es, schritt sicheren Fußes an Hecken und Gestrüpp vorbei durch den verwilderten Park nach einem Pavillon, dessen Umrisse sich eben aus der dämmernden Umgebung abzuheben begannen. Hier tastete sie den Wänden entlang bis zu einem eingemauerten Schrank hin, sie öffnete ihn und entnahm demselben zwei kleine Schlüssel. Damit eilte sie zum Ende des weitläufigen Grundstückes nach der hohen Stadtmauer, welche den Garten nach der Moselseite hin begrenzte und zugleich gegen den Fluß abschloß, ja ihn vor den Wogen schützte. Dicht an der Mauer unter Dornengestrüpp und Sand fast verborgen lag eine Falltüre. Isengard´s Schlüssel öffnete sie. Mit großer Mühe hob das Mädchen die Tür empor und stieg in der Finsternis eine steile schlüpfrige Steintreppe hinab, welche in die Stadtmauer eingebaut war. Unten vernahm sie ganz deutlich das Geräusch der anprallenden Moselwogen. »Gott gebe, daß das Pförtchen draußen nicht mehr von den Wellen überspült ist!«, flüsterte Isengard und steckte den Schlüssel ins verrostete Schloß.

Diese Tür, welche den größten Teil des Jahres von der Mosel verdeckt war, hatte nur im Hochsommer bei anhaltendem Wassermangel eine Bestimmung, sie diente alsdann dem Gärtner, wenn er Erfrischung für seine Pflanzen bedurfte, als Ausgang zu den Fluten der Mosel.

Mit der größten Kraftanstrengung gelang es Isengard endlich, das Pförtchen zu öffnen. Sogleich strömten gurgelnde Wellen herein; doch glücklicherweise reichten sie der Jungfrau nur bis ans Knie. »Dem Herrn sei Lob!«, rang es sich wie ein Seufzer der Erleichterung über ihre Lippen. Sie drang durch Weiden und Dickicht einige Schritte ins kalte, nasse Element vor und versuchte, Umschau zu halten.

Die Morgenröte begann eben empor zu flammen, und deutlich unterschied Isengard in deren Schein acht große Schiffe auf dem Stromspiegel. Die Stelle, von welcher die Feldschlangen[27] und Kartaunen der Franzosen Tod und Verderben niedersandten, an welcher trotzdem die Petarden der Stürmer krachten, und kühne Männer mit Löwenmut die Mauern zu ersteigen sich vermaßen, wurde Isengards Auge größtenteils durch einen vorspringenden Verteidigungssturm verdeckt. Ein entscheidender Sturm mußte im Werke sein, das furchtbare Krachen der Kartaunen, das Aufblitzen der Petarden schien sich zu verdreifachen. Und bei den Stürmern waren ihre Brüder, war Er, ihr Held. – Allmächtiger Gott! Isengards Auge flammte, ihre Brust hob sich unter heftigen Atemzügen. »Ich will, ich muß den Kühnen Hilfe bringen! O, sehet hierher, beachtet mein Winken!«, rief sie wie außer sich, riß den weißen Schleier, der ihre Locken bedeckte, vom Haupte und ließ ihn auf- und niederwehen. »Balduin« hieß das stolze Schiff, welches am weitesten moselwärts vorgedrungen war. »Balduin« war es getauft zu Ehren des großen Trierer Kurfürsten aus dem Hause Luxemburg.

Am Burgspriet stand Graf von Embden, der Statthalter von Luxemburg, und schaute ernsten Blickes hinüber nach den stark besetzten Mauern der Stadt. Jetzt zuckte er unmerklich zusammen. »Ich glaube gar, unsere Leute wollen das Unmögliche versuchen. Sie legen Leitern an, ja, sie wollen trotz aller wehrenden Hellebarden[28] und Gewehrkolben, ungeachtet der rastlos arbeitenden Geschütze, todesmutig die Mauern erklettern«, wendete er sich an den neben ihm stehenden Werner von Zandt. »Ah, wahrlich, das sind Eure Landsmänner, Herr von Zandt, das sind unsere jungen trierischen Edelleute! Welch´ ein Beginnen! Bei Gott, das ist Graf Kesselstatt, ich erkenne ihn an der blauweißen Schärpe, er stürmt allen voran, und jetzt – steht er oben, wahrhaftig oben

27 Kanonen.
28 Mischung aus Hieb- und Stichwaffe.

auf der Stadtmauer und haut voll herkulischer Kraft mit dem Schwerte nach allen Seiten, wie Sankt Georg. Hier müßte dennoch ein Wunder geschehen, wenn er uns erhalten bliebe, denn der Graf ist mehr als mutig, er handelt fast tollkühn.«

»O, daß wir ihm Hilfe leisten könnten!«, knirschte Werner. »Er ist verloren. Gibt es denn kein Mittel, ihm beizustehen?«

Mit bleichen Wangen und starr aufgerissenen Augen eilte ein Soldat herbei: »Seht, o seht, die Wasserjungfrau, die Moseley! Sie taucht empor über die Wellen, sie ringt die Hände, sie winkt mit ihrem weißen Schleier! Die ganze Mannschaft hat sie geschaut. Wir alle sind des Todes.«

»Wahnsinniger, was faselst Du?«, herrschte Graf Embden unwillig den Sprecher an. »Mein Feldherr, schaut doch selber die Wasserjungfrau. Seht, wie sie zur Tiefe winkt. Das bedeutet Tod!«, stammelte der Bursche.

»Feigling!«, murmelte der Statthalter. Er verfolgte aber unwillkürlich mit dem Blicke die angedeutete Richtung, kniff dann die Augen zusammen und versetzte staunend: »Da gewahre ich freilich im Wasser eine ungewöhnliche Frauenerscheinung; sie macht uns Zeichen und scheint sich mit uns verständigen zu wollen. Da heißt´s behutsam prüfen. Sie kann ebenso gut wohlmeinende Freundin, wie listige Feindin sein.« Werner von Zandt aber jubelte: »Das ist ja Isa, meine liebe, kluge, verwegene Schwester Isengard! Ich Thor, daß ich nicht selber an unser winziges Gartenpförtlein in der Stadtmauer dachte! Ich war freilich zu lange von der Heimat weg; und wir Männer kümmern uns um alles andere mehr, als um die Gärtnerei. Und nun öffnet uns Isa den Weg in die Stadt. Nun können wir den Franzosen in den Rücken fallen. Steuermann, augenblicklich lenkt das Schiff auf jene Stelle der Stadtmauer zu, von wo die Jungfrau uns winkt!«, befahl er.

Eine Hand legte sich eisern auf seine Schulter. »Halt, Herr von Zandt. Die Sache kommt mir unglaublich vor. Warum ließen die Franzosen das Pförtlein nicht zumauern?«, fragte der Statthalter.

Werner lachte lustig. »Weil sie nichts davon wußten, Herr Graf. Die Mosel steht ja meistens darüber, und wenn das ´mal nicht der Fall ist, so verdecken die hohen Weiden vollkommen das Türlein. Folgt dem Winke meiner Isa. Es ist höchste Zeit!«

»Nur zu, in Gottes Namen, wenn das kein Hinterhalt ist!«, rief Graf Embden und gab dem Steuermann einen Wink, worauf das Fahrzeug pfeilschnell bis in die Nähe der Stadtmauer glitt. Dann eilten die kriegerischen Insassen des Schiffes leise und geschwind die Treppe hinauf.

Isengard fühlte sich einen Augenblick von den Armen des Bruders umfangen, hörte den hastig gesprochenen Dank des Statthalters; dann stürzten alle an ihr vorüber auf die Straße.

Auf dem nahen Verteidigungsturm hatten die Franzosen den Vorgang bemerkt und ließen ihre Feuerschlangen nach dem von Zandt´schen Garten hin spielen.

Welcher der Kämpfer beachtete es, daß die Jungfrau mit einem leisen Wehlaut getroffen zu Boden sank.

Auf dem Brückenwalle schien der todesmutige Held, Graf Kesselstatt, wahrlich seiner gewaltigen Kraft zu viel vertraut zu haben, er focht allein in einem Kreise gewaltiger Gegner. Die Bedrängnis des Freundes hatte Kunz von Umbscheiden erspäht.

»Mir nach!«, so rief er und stürmte im Kugelregen die Leiter hinan. Gleich darauf bildete er mit Kesselstatt und anderen vornehmen Söhnen Triers einen Ring. Die Edelleute deckten sich gegenseitig den Rücken, während ihre Schwerter die andrängenden Franzosen abwehrten und niedermähten, so daß viele tot den Wall hinunterkollerten. Ein Bollwerk von Eisen in Mitte rings tosender Feinde standen die Tapferen unerschüttert. Sie schienen selber unverwundbar, doch ihre Schwerter häuften Leichen auf Leichen, so daß es wie Befremdung, ja fast wie Zaghaftigkeit die französische Besatzung des Brückentores übermannen wollte.

Da aber drängten, von de Bussy angefeuert, neue Rotten zur Verteidigung herbei. Musketensalven krachten. Von Kugeln durchbohrt, sanken einige der tapferen Stürmer. Der Tod begann, auch bei den Unüberwindlichen Ernte zu halten.

»Ich gebe die Hoffnung nicht auf, den Unseren einen Weg zu bahnen, wenn auch über unsere entseelten Körper«, raunte Dankmar seinem Jugendfreunde zu. Kunz nickte grimmig. »Es geht mit uns zu Ende.

Aber ehe mich eine Kugel niederstreckt, werde ich, so Gott will, noch manchem Welschen den Garaus machen.« Sprach´s und schlug in so rasender Wut mit dem Streitkolben um sich her, daß ringsum Helme und Köpfe zersplitterten. Seinem feurigen Beispiel folgten die noch Übrigen. Das hieraus verursachte Kampfgetöse wurde aber plötzlich übertönt durch ein gewaltig anschwellendes Getümmel, das dem heranbrausenden Sturme ähnlich aus dem Inneren der Stadt zu kommen schien.

De Bussy warf seinen Rappen herum. »Was gibt´s?«, rief er erschrocken. »Hölle und Teufel, der Feind ist in unserem Rücken!« Nach wenigen Minuten begann es an allen Ecken zu wogen, und aus den heranstürmenden Haufen blitzten die Musketen der Kaiserlichen. »Hierher, meine Freunde! Dort oben kämpfen unsere Brüder. Fällt die Hellebarden! Musketiere Feuer! Hinein, schlagt die Franzosen nieder!« kommandierte Walter von Zandt an deren Spitze. Die Wirkung dieser Worte war furchtbar. Unter dem Rufe: »Jesus, Maria, Joseph!« stürmten die Kaiserlichen mit vorgehaltenen Hellebarden auf die Franzosen los. Ihre Musketen verheerten augenblicklich deren Kampfesreihen, so daß Furcht und Verwirrung diese ergriff, und sie in wilder Unordnung nach allen Seiten hin die Flucht nahmen.

Das Brückentor hatte keinen Verteidiger mehr; ehe man es gedacht, öffnete der Statthalter Graf von Embden seinen Truppen das Tor. Auch die bei dem Vororte Sankt Barbara harrende Reiterei drang schwer bewaffnet ein. Deren Trompeten machten einen Höllenlärm, als ob hier statt Hunderte viele Tausende seien.

Dem Grafen Kesselstatt, der nicht auf dem bequemen Wege Einzug in die Stadt hielt, sondern vermittelst einer Leiter von der Mauer herunterkam, wieherte sein Streitroß freudig entgegen. Er bestieg es, um an der Spitze des Reitertrosses vorzudringen.

Kunz von Umbscheiden gesellte sich einer Abteilung des Fußvolkes zu.

Sowie das Tor eingenommen war, verteilten sich die Kaiserlichen fächerförmig nach den angrenzenden Straßen, und wirklich, jede einzelne Abteilung fand vollauf zu tun, denn die Franzosen wehrten sich allerorten bis zum letzten Mann. Ja, sie leisteten von richtigen Wagenburgen aus, noch ganz verzweifelten Widerstand, so daß Gassen und Plätze mit Toten bedeckt wurden.

In der Brückenstraße, durch welche die verbündeten Kaiserlichen einen Hauptkeil schoben, ritt der Stadtkommandant de Bussy von einer Verschanzung zur anderen und ermunterte die Franzosen, tapfer auszuhalten und eher zu sterben, als Trier aufzugeben. Doch eine Verrammelung nach der anderen wurde von den Einziehenden genommen. So ging es siegreich weiter. In der Nähe des Antonius-Brunnens, dort, wo die Straße sich gabelförmig spaltet, flatterte de Bussy´s Helmbusch.

Kunz von Umbscheiden stieß einen Wutschrei aus, als er ihn erblickte. »Jetzt habe ich den Schuft. Mein ist er!« Mit eingelegter Hellebarde stürmt er vor. »Prahlhans, denk´ an Deine Seele!«, schrie er und stieß zu. Sein Gegner aber machte eine blitzschnelle Wendung und verschwand im Eingangstore des Hontheim´schen Hauses »Zum goldenen Horn«. In drolliger Verblüffung starrte der Bursche einen Augenblick tatenlos auf die Stelle, wo der geschmeidige Franzose verschwunden war, dann rief er: »Hoho, der vermeint, bei denen von Hontheim einen Unterschlupf zu finden, soll sich aber irren! Feigling, wenn Du unseren Waffen stehen willst, so lerne unsere Ketten kennen!« Damit folgte er wutentbrannt ins Hontheim´sche Haus. Nach kurzer Zeit trat der Riese strahlenden Antlitzes vor den Statthalter, Graf Embden, und meldete, daß er den französischen Kommandanten gefangen und unter starker Bewachung im Hause »Zum Horn« zurückgelassen habe.

Jauchzendes Siegesgeschrei ertönte gleichsam als Antwort von den Umstehenden. Graf Emden sprach ernst: »So ist der Kampf entschieden.«

Wie er sagte, so war es. Nur auf dem Markte leistete eine Rotte Franzosen, welche von der Gefangennahme des Kommandanten noch nichts wußte, einigen Widerstand. Um acht Uhr morgens schwieg der Waffenlärm allenthalben. Sechshundert Gefangene wurden aufs Rathaus gebracht. Der Statthalter, Graf von Embden, der Archidiakon von Metternich und Oberst Maillard ritten an der Spitze von vier Reiterkompanien nach der Petersburg, deren Haupttor sich auf ihren Befehl sogleich öffnete. Ohne sich umzusehen, eilten sie nach des Kurfürsten Gemach, der mit seinem Leibarzte in vertraulicher Beratung saß. Sie kündigten dem über die unliebsame Störung entrüsteten Herrscher in höflichen Worten an, daß sie von des deutschen Kaisers und auch von des Königs von Spanien Majestät gesandt seien, Eminentissimum zu beschützen.

»Habe Euch nicht gerufen und verlange Eure Dienste nicht«, antwortete Philipp Christoph kurz.

»So wollen wir Euren Gnaden sagen, daß wir von Euch Dienste und Gehorsam für Seine Majestät den Kaiser verlangen. Das zu erzielen, sind wir auch von Seiner Heiligkeit angewiesen.«

Der Kurfürst machte eine schweigen gebietende Handbewegung. »Was untersteht Ihr Euch, mich in meinem Palaste zu überfallen und mir Vorschriften zu machen! Ihr sollt mir dafür büßen.« Die Abordnung aber ließ sich nicht beirren, sondern bemerkte dem Erstaunten höflich, aber bestimmt, daß sie ihn auf kaiserlichen Befehl für einen Gefangenen erklären müßte.

Philipp Christoph, der jetzt erst den Ernst seiner Lage begriff, ergab sich mit der an ihm gewohnten Geistesstärke in sein Schicksal. Er meinte spöttisch, als der Lärm des Plünderns an sein Ohr drang: »Den Rock werden sie mir hoffentlich am Leibe lassen.« Und auf die vielen Wächter anspielend, die ihn umgaben, sprach er lächelnd: »Bei der liebevollen Bewachung fällt mir das bekannte Kindergebet von den vierzehn Schutzengeln ein.«

So war der Kampf zu Ende, die französische Besatzung teils gefallen verjagt oder gefangen. Die Sieger trugen Sorge, daß die vornehmsten Gefangenen unter starker Bedeckung nach Luxemburg abgeführt wurden. Philipp Christoph wurde von dort nach Gent und später nach Linz und Wien in Haft gebracht. Zehn Jahre sollte es dauern, ehe er sein Erzstift wiedersah.

Die Liebfrauenkirche ist im frühsten gotischen Stil während der Jahre 1227–1243 erbaut worden. Ein Kreuzgang verbindet sie mit dem Dom.

XIV. Zwei Bräute

Die Kartaunen und Musketen, Hellebarden und Schwerter ruhten. Auch die Krieger, sowie die früh aus dem Schlafe geschreckten Bürger gaben sich endlich der Ruhe hin.

Nur einer ruhte nicht; das war der Mann, der während des Kampfgewühles auf eigenen Schultern die Verwundeten hinwegtrug, deren Wunden auswusch und Verbände anlegte, Pater Spee, der immer von Neuem auf den Schauplatz des Schlachtgetümmels eilte. Hier hatte er die letzte Beichte Sterbender gehört, ihnen die lechzenden Lippen mit Wein befeuchtet, dort wilde Landsknechte von Mißhandlungen zurückgehalten; überall war er tätig, überall handelte er als Engel der Milde und Barmherzigkeit. Auch jetzt, da das Getöse der Waffen schwieg, erlahmte der Eifer des frommen Priesters nicht. Er setzte unermüdlich das in der Nacht begonnene Liebeswerk auch beim Sonnenschein fort, und seine Ordensbrüder halfen, die schwere Arbeit zu bewältigen.

Und noch Einen gab es, der sich nicht nach der wohlverdienten Ruhe sehnte, Held Dankmar von Kesselstatt. Der kaiserliche Feldherr hatte auf dem Markte vor den versammelten Offizieren und einem Teil der siegreichen Truppen Kesselstatts seltene Kühnheit und sein kriegerisches Talent gepriesen, ja er hatte behauptet, durch des Obristen mutiges Beispiel im Augenblick der Not hätten alle erst die rechte Begeisterung erfaßt, die Stadt zu erstürmen. Diese Lobrede aber war es nicht, welche den jungen Grafen zu keiner Ruhe kommen ließ. Nachdem er in der Kesselstättischen Burg freudig seinen Vater umarmt, wendeten Dankmars Gedanken sich endlich ungestört der Heldin zu, die sein Herz seit Monaten ausschließlich beschäftigte, und heute mehr als je; denn die kühne, die herrliche Jungfrau Isengard war es ja, die durch ihren Mut ihm das Leben gerettet. Es war ihm unmöglich, zu rasten, ehe er sie wiedergesehen, ehe er ihr für ihre Aufopferung feurigen Dank gesagt, ehe er – o wohin verstiegen sich seine Gedanken! – Im Vollbewußtsein des Sieges über die Bedrücker des Heimatlandes sah er plötzlich alle Schranken entfernt, welche sich seinem Lebensglücke entgegentürmten. Während er in freudiger Ungeduld durch die fast menschenleeren Straßen nach der Königsburg eilte, malte er, in süße Träumereien versunken, sich zehnerlei Arten des Wiedersehens aus. Nun stutzte er. Eine Bahre mit Verwundeten wird ihm entgegengebracht.

»Ah, Vater Spee! Gruß, freudigen Gruß! Noch immer seid Ihr beim Samariterwerk. Wahrlich, Ihr beschämt mich!«, rief er lebhaft. »Willkommen, Graf Kesselstatt!«, lautete die Entgegnung. »Wie könnt Ihr Beschämung fühlen? Ihr tatet das Eure, ich das Meine im Weinberge des Herrn. Eure Arbeit ist zu Ende, die meine beginnt. Mir ist das gewohntes Tun, darüber staunt nicht; doch verwundert Euch mit mir, daß Jutta von Zandt, das verwöhnte Fräulein, ihre Pflicht darin erblickt, Verwundete zu pflegen und ihnen Trost einzusprechen. Sie ist so umsichtig und ebenso zur Pflege geschickt, wie die Schwestern im Sankt Irminenhause. Sie wird, so Gott will, auch dort im Kloster verbleiben.«

Des alten Torhüters Antlitz, der bald danach auf Kesselstatts Pochen die Königsburg öffnete, erheiterte sich beim Anblicke des Freundes der Familie.

»Vielmals gegrüßt, Herr Obrist! Ihr seid lange ausgeblieben. Ohne Zweifel bringt Ihr Kunde von den Söhnen und Töchtern der Königsburg. Seit dieser Schreckensnacht hörten und sahen wir auch von unseren edlen Fräuleins nichts mehr. Alle Heiligen mögen ihnen bestehen!«, so lautete seine lebhaften Worte.

Der Graf stand betroffen. »Daß Eure jungen Herren noch nicht heimkehrten, wundert mich nicht. Den Kurfürsten haben wir gefangen, so muß Herr Ludwig mit den anderen Domherren im Kapitel sitzen und beraten, was zu tun ist. Herrn Werner aber sah ich als Ortskundigen an der Seite des Statthalters von Luxemburg durch die Straßen reiten. Letzterer nimmt die Beschaffenheit der Stadt in Augenschein und besichtigt die Pforten. Fräulein Jutta, so erfahre ich eben durch Vater Spee, weilt im Irminenkloster und pflegt Verwundete. Aber Isengard«, seine Stimme verschleierte sich, »verstand ich recht, mein alter Freund, sagtet Ihr auch Isengard sei nicht in die Königsburg zurückgekehrt?«, Der Alte schüttelt traurig den Kopf. »Ebenso wenig wie die anderen. Welches Unheil mag ihr zugestoßen sein?«

Der junge Held erbleichte. Auf seine Brust legte es sich in beklemmender Schwere, vor seinen Augen flirrte es. Da war es wieder das atemraubende, herzlähmende Gefühl, welches ihn einmal im Leben überkam, als man ihm sagte: Deine Mutter liegt im Sterben. Seine Hand tastete unsicher, wie um dort Halt zu suchen, gegen die Wand. Aber nur einen Augenblick war er schwach, im nächsten richtete er sich entschlossen empor. »Ich werde sie suchen, ich werde ihr Hilfe bringen«, damit stürmte er fort.

Wohin? Wußte er es selber? Zu ihr, zu ihr, er mußte sie ja finden! Doch wo? Er hielt inne in seinem planlosen Vorwärtsstürmen, schöpfte tief Atem und fuhr mit der Hand über die Stirn. Er versuchte, zur Besinnung zu kommen. Wie war es doch? Gesehen hatten alle die heldenmütige Jungfrau am Moselufer und dann zuletzt im Zandt´schen Garten. Dort zuletzt? Ein Hoffnungsstrahl kreuzte sein Hirn. Himmel, so ist sie gar noch im Garten, ist einfach gefangen. Die Soldaten schlugen hinter sich die Pforte zu. O, daß so des Rätsels Lösung gefunden wäre! Mit klopfenden Pulsen eilte er der Mosel zu, stand er endlich vor der Gartenpforte. Ein Wehlaut drängte sich über seine Lippen – sie war nur angelehnt. Dennoch schien es ihm, als dürfte er nicht von der Stelle, als müßte er den Garten durchsuchen nach ihr. Bebend trat er ein im Bangen der Ungewißheit.

»Isa, Isa!« Keine Antwort. Nichts regte sich. An ihm wohlbekannten Gebüschen, an noch winterlich trockenem Strauchwerk eilte er zagend, ahnungsvoll vorbei, er durchspürte die Pfade auf und ab. Sein Auge richtete sich zur Erde. Da schimmerte ein helles Gewand durch die Zweige. Mit verhaltenem Atem trat er näher.

Barmherziger Gott! Da lag sie hingestreckt, ihr schönes, bleiches Haupt in rieselndes Blut gebettet. Allgütiger, verwundet, vielleicht tot! In der nächsten Sekunde stürzte er nieder in das Gras, hob er mit zarter Hand das liebe, blasse Köpflein an seine Brust, schlang er seine Schärpe fest um eine klaffende Schulterwunde. Er hatte alles um sich her vergessen. »Isa, mein süßes Lieb, erwache! Du darfst nicht sterben, ehe ich Dir gesagt, wie sehr ich Dich liebe, wie Du mein ganzes Lebensglück bist«, so flüsterte er in furchtbarer Erregung. »Isa, Isa, wache auf! Du mußt erwachen. Die Liebe ruft!« Fest zog er sie an seine Brust. Wieder und wieder horchte er auf das matte Pochen ihres Herzens.

Da schlug sie langsam die Augen auf. »Dankmar!«, flüsterte sie lächelnd und beseligt, wie im Traume und schloß die Lider wiederum. Ein Jubellaut. Dann hob der junge Kriegsmann das Mädchen empor, trug die teure Bürde durch die volksbelebten Straßen nach der Königsburg. Was kümmerte es ihn, ob die Menschen staunend gaffen? Das Ungewöhnliche war heute an der Tagesordnung.

»Vater Spee, Ihr kommt wie gerufen! Begleitet uns nach der Königsburg. Eure ärztliche Hilfe ist hier vielleicht mehr für den Körper, als für die Seele von Nöten«, redete Kesselstatt unterwegs den nimmermüden Jesuiten an, und dieser willfahrte der Bitte.

»Dankmar, Du bist der gute Geist unseres Hauses!«, Mit diesen Worten umarmte Hans von Zandt den jungen Grafen, der ihm die Tochter wiederbrachte.

Vater Spee untersuchte Isengards Verletzung. »Abgesehen von dem großen Blutverlust ist die Wunde ungefährlich. Es wird kaum ein Fieber eintreten«, erklärte er zur Beruhigung aller.

Und Vater Spee hatte Recht. Nach sechs Tagen vermochte Isengard schon wieder in ihrem nach dem Garten zu gelegenen Lieblingsgemach auf dem Ruhebett zu sitzen. Ihr schönes, feines Antlitz war freilich fast durchsichtiger Blässe, doch aus ihren großen dunkeln Augen leuchtete ein verklärender Glanz.

Graf Kesselstatt saß neben ihr. Zum ersten Mal waren die beiden allein.

»Isa, liebe Isa, wißt Ihr auch, was ich damals im Garten zu Euch sprach?«, begann er zaghaft. Heller Rosenschein flog über ihre Züge. »Ja, Dankmar, ich hörte es.« Er nahm ihre schlanke Hand in die seine und bemühte sich, unter ihre gesenkten Wimpern zu schauen. »Isa, und Du zürnst mir nicht? Und Du willst mein eigen sein?«

Nun sah sie auf, und ihr Auge begegnete dem seinen mit einem solchen Ausdruck inniger Zärtlichkeit, daß ein Gefühl unsäglicher Wonne ihn durchströmte. »Dankmar, ich liebte Dich vom ersten Augenblicke, als ich Dich sah«, entgegnete sie einfach. Mit einem Jubellaut zog er sie stürmisch an seine Brust. »Und ich glaubte, Du wolltest der Welt entsagen, wolltest Äbtissin werden«, rief er lächelnd. Über ihre lieben kindlichen Züge glitt ein Schatten. »Dankmar, mein Liebling, Du hättest um Jutta geworben, wenn diese in der Welt hätte verbleiben wollen, denn Du liebtest meine Schwester«, sagte sie traurig.

Auch er wurde ernst. »Du irrst, mein Kind, ich hätte Deine Schwester nicht für mich zu gewinnen gesucht. Isa, lasse es mich Dir bekennen: Jutta´s liebreizendes, einschmeichelndes Wesen, ihre große Schönheit bestickte einst meine Sinne. Dein tiefes Gemüt aber nahm mein Herz in wahrer starker Liebe gefangen.«

Isengard schüttelte den Kopf: »Glaube nicht, daß mein Gemüt edler und tiefer sein könnte, als das meiner Schwester. Den ganzen Reichtum ihres goldenen Herzens erschloß sie mir in den letzten Wochen.«

Dankmar nickte: »Sie wurde in schweren Prüfungen geläutert und von den Schlacken der Eitelkeit und Selbstsucht gereinigt. Durch das Furchtbare, was sie erlebt, ist ihr in den Banden der Eitelkeit verstricktes Gemüt herrlich und ganz zur Entfaltung gekommen. Wir wollen hoffen, daß sie Frieden und Glück in dem schwierigen entsagungsvollen Beruf findet, den sie sich wählt.«

»Ich glaube es mit Bestimmtheit, Dankmar; obgleich ich mir früher die lebensprühende Schwester nie anders als glänzend in der großen Welt hätte vorstellen können. Heute aber weiß ich, daß Jutta im Ordensstande ihre Bestimmung findet. Der gütige Gott wählt manchmal recht schmerzliche Mittel, um uns Widerstrebende auf den Weg zu führen, den wir gehen sollen.«

»Möge er uns seinen Segen auf dem Pfade geben, den wir nun vereint zurücklegen wollen.«

Dankmar nahm beide Hände der Jungfrau in die seinen und schaute ihr mit dem Ausdrucke inniger Liebe ins klare Auge: »Die Kämpfe des Lebens werden auch uns nicht erspart bleiben. Doch, meine Isa, wir wollen getreulich alles zusammentragen und gemeinsam nach dem Guten streben. Ich habe die Zuversicht, daß unsere Charaktere sich trefflich in einander fügen werden.«

Die Liebenden saßen Hand in Hand, als der alte Freiherr mit Pater Spee eintrat.

»Heute komme ich nicht als Arzt, meine Hilfe ist hier nicht mehr von Nöten«, erklärte der Jesuit lächelnd. »Ich komme als Bettler. Von dem Statthalter, dem Grafen Embden, erwirkte ich, daß die französischen Gefangenen befreit in die Heimat zurückgesandt werden. Nun gehe ich von Haus zu Haus, um Kleider und Almosen für die armen Soldaten zu erbetteln.«

Dankmar hatte sich erhoben. Rasch trat er vor den Freiherrn mit den Worten: »Und hier steht ein zweiter Bettler. Onkel Hans, ich erbettle von Euch nichts Geringeres, als die Hand Eurer jüngsten Tochter und Euren väterlichen Segen zu unserem Eheverlöbnis.«

Das kam Herrn von Zandt doch etwas überraschend. Staunend blickte er von dem Grafen nach der glückstrahlenden Isengard. »Dankmar, Du weißt, daß ich keinen so gern als Schwiegersohn begrüße, wie Dich, doch fürchte ich, daß es jetzt mitten im Kriegslärm schwerlich Zeit zur Hochzeit sein dürfte. Ernst und düster liegt die Zukunft vor uns. Wenn wir auch hier augenblicklich der lästigen Franzosen Herr geworden sind und den Landesbedrücker, den ›schwarzen Kurfürsten‹, gefangen haben, so ist die Lage unseres Erzstiftes doch bedenklich; kriegerische Gefahren drohen von allen Seiten; ich sehe schwere Tage für unsere Stadt voraus.«

»Erlaubt, Herr von Zandt«, mischte sich der Pater ein. »Meines Bedenkens ist es eben darum rechte Zeit zur Hochzeit. Freilich, wer die Trauung als den Anfang einer gar lustigen ungetrübten Zeit ansieht, darf nicht heiraten. Aber wer mit dem rechten Ernst in die Ehe tritt, dem verleiht das ›große Sakrament‹, wie es der heilige Paulus nennt, auch höhere Kraft. Gebt die jungen Leute, deren Herzen sich fanden, zusammen. Sie werden einander in diesen wild bewegten trüben Zeiten gegenseitig Halt und Stütze sein. Er wird ihr Beschützer sein mit starkem Arm, und sie wird ihm zur Seite stehen mit klugem Rat und zarter Fürsorge. Warum sollen die beiden getrennt bleiben, bis der politische Himmel sich wieder sonnig verklärt! Das möchte dauern, bis sie alt und grau geworden. Erteilt nur Eure Zustimmung.«

»Na, da widerstehe ein anderer, wenn Pater Spee den Freiwerber spielt!«, rief Herr von Zandt halb lachend, halb gerührt. »So heiratet in Gottes Namen, Kinder. Meinen Segen sollt Ihr haben.« Er umarmte das Brautpaar.

»Vater Spee, wie soll ich Euch danken?«, fragte der überglückliche junge Graf.

Der Ordensmann lächelte: »Dadurch, daß Ihr mir recht viel für meine armen Gefangenen bewilligt.«

»Verlangt, so viel Ihr wollt, ich möchte die ganze Welt beglücken!«, rief Kesselstatt feurig. »Aber, teurer Vater«, seine Mienen wurden ernst, »ich bitte Euch um Euret – und um unseretwillen, schonet Euer kostbares Leben. Man sagt mir, daß eine furchtbare Seuche in den übervölkerten Lazaretten ausgebrochen sei, und dennoch eilt Ihr Tag und Nacht von einem Krankenhause zum anderen. Dieser Aufopferung ist Euer Körper nicht gewachsen.«

»Ich tue, was meines Amtes ist. Mein Leben aber steht in Gottes Hand. Es geschehe, wie er will, ich fürchte mich nicht«, versetzte Friedrich von Spee ruhig.

* * *

Drei Monate später, als die Rosen endlich blühten, fand in der Liebfrauenkirche eine Feier statt, an welcher ganz Trier regen Anteil nahm. Die jüngste Tochter des Zandt´schen Hauses, die durch ihren Heldenmut geradezu volkstümlich gewordene Jungfrau Isengard, wurde da selbst dem leutseligen, allgemein beliebten Grafen Kesselstatt angetraut, während am selben Tage deren Schwester, die schöne Jutta, als Braut des Himmels in das Irminenkloster eintrat. Zwei Bräute in Kranz und Schleier führte der greise Vater zum Altar. Ein Flüstern der Rührung, ein Murmeln der Bewunderung ging durch die Reihen der Kopf an Kopf sich drängenden Zuschauer, als die hohe Gestalt des Freiherrn in der Mitte der gleich geschmückten bräutlichen Jungfrauen durch die Kirche schritt. Man wußte nicht, welche schöner und lieblicher sei, die dunkle, glutäugige Isengard in ihrer strahlenden Majestät oder die lichtblonde, anmutige Jutta, deren blaue Augensterne sittsam und demütig sich zur Erde senkten.

Trotz der schlimmen und traurigen Zeiten war das Hochzeitsgefolge nicht klein; die Zandt von Merls und die Kesselstatts hatten große Sippschaft im Adel des Landes. So wurde den Trierern der lange nicht mehr gebotene Anblick stattlicher und gediegener Prachtentfaltung zuteil. In mitten des Glanzes und der Schönheit, woran die Augen sich nicht sättigen konnten, vermißten alle einen Hochzeitsgast.

»Wo ist Pater Spee? Er dürfte auch bei der Freude dieser Familie, deren Leid er tragen half, nicht fehlen«, so flüsterte man.

»Pater Spee liegt seit gestern auf dem Krankenlager darnieder. Die böse Seuche, in der er so manche bis zum Tode gepflegt, ergriff ihn selber«, so wußte einer aus dem Volke zu berichten.

Als Domherr Ludwig von Zandt jetzt vor den blumengeschmückten Altar trat und die heilige Handlung begann, herrschte atemlose Stille; voll Andacht lauschten alle den herzbewegenden Worten des Priesters. Nachdem das feierliche »Amen« vom hohen Spitzbogengewölbe wiedergeklungen, war der Augenblick gekommen, in welchem die Schwestern voneinander Abschied nahmen, denn die Himmelsbraut verschmähte es, an der weltlichen Hochzeitsfeier teilzunehmen.

Es war ein rührender Anblick, der manchem Auge Tränen entlockte, als die Jungfrauen sich umarmten und küßten. Aus Jutta´s Antlitz leuchtete ein reiner verklärender Seelenfriede, Isengard´s Auge glänzte trotz alles bräutlichen Glücks in feuchtem Schimmer. Was die beiden einander zuflüsterten, vernahm freilich keiner, doch ahnten diejenigen recht, welche glaubten, daß es Segenswünsche seien, und daß die Schwestern gegenseitig einander versicherten, wie unendlich glücklich sie in diesem Augenblicke sich fühlten.

Nachdem Jutta auch von den Eltern Abschied genommen und sich deren Segen erbeten hatte, geleitete der Bruder, welcher eben über die Neuvermählten den Segen der Kirche gesprochen hatte, der Domkapitular Ludwig von Zandt, sie nach Sankt Irminen, ihrem zukünftigen Heim.

Der Hochzeitszug mit dem Brautpaar an der Spitze verließ die Liebfrauenkirche, um sich nach der gegenüberliegenden Burg Kesselstatt zu begeben. Graf Casimir hatte in richtigem Zartgefühl den dringenden Wunsch geäußert, die Vermählungsfeier seines Sohnes in der Elternburg begehen zu dürfen. So kam Isengard gleichzeitig mit der Schwester in das zukünftige Heim, und die Lücke, welche Jutta´s Scheiden im Familienkreise machte, wurde den Eltern am Freudentage nicht so fühlbar, als wenn das Hochzeitsfest in der Königsburg gefeiert worden wäre.

Einer der Gäste, einer, welcher voll reger Teilnahme der Trauung in der Liebfrauenkirche beigewohnt, schlich am Portale der Kesselstättischen Burg leise hinweg. Er vermochte es nicht, mit traurigem Herzen sich unter die Fröhlichen zu mischen. Es war Kunz von Umbscheiden.

XV. Seliger Tod

An einem sonnigen Augusttage kehrten der junge Graf Kesselstatt und seine Gemahlin mit dem Gefühl innigster Befriedigung von der Hochzeitsreise zurück in die Vaterstadt. Dankmar war mit seiner heißgeliebten Gattin nach den weitverzweigten Gütern der Familie gereist. Isengard sollte die Kesselstättischen Besitztümer sehen, die Leute dagegen ihre junge Herrin kennenlernen. Mit freudiger Begeisterung war das Paar überall empfangen worden, und voll hohen Glücks war Dankmar Zeuge, daß der holdseligen Isengard die Herzen aller wie im Sturm zuflogen.

»Nun endlich, meine kleine Hausfrau, sollst Du die Truhen und Schränke mit Deinen Leinen füllen, ich weiß, daß Du Dich schon lange nach dieser Beschäftigung gesehnt hast«, sagte der junge Ehemann lächelnd und setzte hinzu: »Herzlieb, ich verlasse Dich auf kurze Zeit. Es drängt mich, unseren Vater Spee zu besuchen.« Er zog die geliebte Gattin an sein Herz und schritt rasch dem Dreifaltigkeitskollegium zu. Ein silberhelles Glöckchen tönte dort feierlich vom nahen Turme. Bei dessen Klange ging ein banges Ahnen durch Dankmars Seele. Zagend nur kamen die leisen Fragen von seinen Lippen: »Wie geht es Pater Spee? Darf ich ihn sehen?«

Der diensttuende Pater deutete ernst mit der Hand nach oben. »Die Glocke ruft uns an sein Sterbelager. Er wird gar bald im himmlischen Heimatland den Lohn seiner opfermutigen Arbeit, die Erhörung seines heißen Sehnens finden. Kommt mit zu ihm. Ihr findet einen Seraph[29], den der Durst nach der Anschauung Gottes

29 Engel.

verzehrt.« Schmerzlich erschüttert folgte Dankmar dem Pater nach der einfachen Zelle des Freundes.

Da lag der Vater, das Haupt in hohe Kissen gelehnt, die bleichen Hände um ein Kruzifix gefaltet; auf seine edlen Züge hatte der Tod bereits das Siegel gedrückt. Als Dankmar leise eintrat, hob er den Kopf, und ein belebendes Lächeln glitt über sein vergeistigtes Antlitz. »So sehe ich Euch noch in meiner letzten Stunde, und ich danke dem Himmel dafür. Ich möchte Euch, mein Freund, wie ich es meinen Brüdern schon ans Herz gelegt habe, ich möchte Euch mit Eurer mutigen, jugendfrischen Kraft die Fortsetzung meines Werkes anempfehlen. Dankmar, ich fordere Euch auf zur Bekämpfung jenes finsteren Hexen- und Zauberwahnes, dem ich mich entgegengestellt, der aber noch immer, trotzdem ich manche Besserung erreicht, viele Opfer verschlingt. Das Buch *cautio criminalis* ist mein Vermächtnis; nehmt Euch der Verbreitung desselben an.«

»Vater Spee, das gelobe ich im Namen des allbarmherzigen Gottes, auf dessen Gnade ich hoffe!«, versicherte Kesselstatt, indem er niederkniete. »Und, mein Vater, ich bitte um Euren Segen.«

Der Sterbende hob die Rechte und machte das Zeichen des Kreuzes. Ein feierliches Rauschen wurde vernehmlich, leichte Schritte nahten, in ernstem Schweigen trat die Schar der Ordensbrüder in das Gemach.

Lautlos umstanden sie im Kreise des Scheidenden Lager. Leises harmonisches Klingeln verkündete das Nahen des Allerheiligsten. Zwei Brüder mit brennenden Lichtern schritten voran, ihnen folgte Pater Rektor in Chorgewand und Stola. Sein ernstes Angesicht war in Demut über das goldene Gefäß gebeugt, welches die heilige Wegzehrung umschloß. Alle Anwesenden sanken auf die Knie. Friedrich von Spee empfing zum letzten Mal seinen Erlöser unter Brotgestalt. In diesem Augenblicke brach die Sonne durch das hohe Bogenfenster und übergoß den Sterbenden mit mildem Glanze. Aus seinen schon erloschenen blauen Augen flammte ein schier überirdisches Leuchten. Mit Begeisterung richtete er sich empor und rief: »O mein allerliebster, mein allerschönster Bräutigam, werde ich Dich nun in Deiner Glorie sehen und vor Freude mich nicht halten können? Werde ich endlich eingehen in die herrlichen Paläste Deines Vaters, allda so liebliche Stimmen und Frohlocken erschallen in den Tabernakeln der Gerechten? Wirst Du mich ersättigen mit Deiner Zierde und Schöne? Wirst Du mich versenken und tränken in der Tiefe Deiner Liebe und Wonne? O, mein Bräutigam, o mein Gott, o Du Jubel meines Herzens und meine Liebe, o Du Inbrunst meines Gemütes, o Du Flamme meiner Sehnsucht, o Du süßer Brand meiner Seele – wann, o wann doch werde ich vor Deinem Angesichte erscheinen?« Er hob, in Verzückung strahlend, die Hände empor. Dann sank er glücklich lächelnd zurück und entschlief mit sanftem Atemzuge. Seine Ordensbrüder beteten leise die Sterbegebete.

Das war Friedrich von Spee´s Heimgang. Sein tatenreiches, ruhmvolles, aufopferndes Leben endete in der Freude des Herrn an einem Dienstage, den siebten August 1635.

Sein Leib ruht in der Gruft vor dem Herz-Jesu-Altare der Dreifaltigkeits- oder Jesuitenkirche in Trier. Das Grab trägt die kurze demütige Inschrift: »Hier liegt Friedrich Spee.«

Spee-Gruft mit Sarkophag unter der Trierer Jesuitenkirche.

Nachwort des Herausgebers

Hexenanwalt, Dichter, Seelsorger, Pfleger und Gegenreformator: Pater Friedrich Spee

»Ob ein der Hexerei Beschuldigter mehrmals gefoltert werden darf?«, »ob es gut ist, Fürsten und Obrigkeiten zur Hexeninquisition anzutreiben?«, oder »ob eine Angeklagte, die auf der Folter nichts gestanden hat, verurteilt werden darf?« Diese und noch mehr Fragen behandelte der in Kaiserswerth am Rhein (einem heutigen Stadtteil von Düsseldorf) 1591 geborene Jesuit Friedrich Spee in seinem Werk über die »Rechtlichen Bedenken wegen der Hexenprozesse«, »Cautio Criminalis« genannt.

Als Hexenanwalt, der mehrfach die Beichten der Beschuldigten abnimmt, setzt er sich, zunächst anonym, gegen die Hexenprozesse ein. Er hält die »Hexen« für unschuldig. Als Gegenreformator zieht er in die norddeutsche Kleinstadt Peine, wo er in der Ausübung seiner Mission, die »Neu-Protestanten« wieder in die katholische Kirche zu führen, brutal überfallen wird. Bekannt wurde er aber auch für seine poetischen Verse, wie sein bekanntes Werk »Trutz-Nachtigall« oder sein »Güldenes Tugendbuch«. Heute kennen wir ihn hauptsächlich durch Liedtexte, die sich im Gesangbuch befinden, wie zum Beispiel »Zu Bethlehem geboren«, »Laßt uns erfreuen herzlich sehr«, »Ist das der Leib, Herr Jesu Christ«, »O Heiland reiß die Himmel auf« und »Ihr Freunde Gottes allzugleich«.

Diese außergewöhnliche Persönlichkeit der Kirchengeschichte, ist es Wert, dass man genauer auf seine Vita schaut:

Als Sohn eines Burgvogts wurde er am 25.02.1591 geboren. Er war Schüler am Jesuiten-Gymnasium in Köln. Gerade seine Begabung für die lateinische Sprache brachte ihm 1604 einen 1. Preis ein. 1610 tritt er als Novize in die Gesellschaft Jesu in Trier ein. Spee absolviert ein Philosophiestudium an der Universität in Würzburg und promoviert zum Magister Artium. Es folgen Lehrtätigkeiten in Speyer und Worms. 1617 wird seine Bitte um Entsendung zur Mission nach Indien abgelehnt. So beginnt er 1618 das Theologiestudium in Mainz. Seine heilige Priesterweihe erhält er 1622 ebenfalls in Mainz. Im Folgejahr bekommt Spee den Lehrauftrag für Philosophie an der Universität in Paderborn. Für viele Gläubige wird er Beichtvater und Katechet. Eigentlich möchte Spee zum Erlernen von Fremdsprachen nach Mailand, doch auch dieser Wunsch wird ihm verwehrt, und sein Provinzial schickt ihn nach Speyer. 1627 wird er Lehrer an seinem früheren Kölner Gymnasium »Tricoronatum« (Dreikönigsgymnasium). Als sich im darauffolgenden Jahr der Provinzial beim Ordensgeneral über Spees Kritik an ordenseigenen Häusern beschwert, wird Spee als Heimatmissionar/Gegenreformator nach Peine versetzt. Von Peine aus versorgt er auch die vielen umliegenden Dörfer mit seinem priesterlichen Dienst und versucht möglichst viele Seelen wieder für den katholischen Glauben zu begeistern. Bei einem Ritt zum Ort Woltdorf wird er überfallen und lebensbedrohlich verletzt. Eine schwere Kopfverletzung peinigt ihn von da an, bis zu seinem Lebensende, mit ständigen Kopfschmerzen. Nach einer kurzen krankheitsbedingten Erholungszeit, nimmt er den Lehrauftrag für Moraltheologie an der Universität in Paderborn an. Auch dort bekommt Spee Gegenwind zu spüren. Der Rektor des Paderborner Kollegs bittet den Ordensgeneral Spee, den Lehrauftrag zu entziehen, da er einen »ungünstigen Einfluß« auf jüngere Ordensmitglieder ausübe. Der Pater General lehnt dies jedoch ab. Im kommenden Jahr, 1631, entzieht der Rektor des Paderborner Kollegs selber Spee den Lehrauftrag. Im gleichen Jahr erscheint anonym und ohne die Druckerlaubnis des Ordens in Rinteln/Weser die erste Ausgabe der »Cautio Criminalis«. Im Orden wird bekannt, daß Spee hinter dem Buch gegen die Hexenprozesse steckt. Daraufhin wird er bei seinem General angeschwärzt. Doch dieser nimmt Spee in Schutz. Auch den Vorschlag, Spees Buch auf den Index der verbotenen Bücher setzen zu lassen, wird verworfen und Pater Spee wird durch seine Oberen rehabilitiert. 1632 kommt nun eine verbesserte Auflage der »Cautio Criminalis« heraus. Spee erhält in Trier einen Lehrauftrag für Moraltheologie. 1634 schreibt Pater Spee in Trier sein Werk »Trutz-Nachtigall« nieder. 1635 tobt in der ältesten deutschen Stadt, Trier, ein Kriegsgemetzel, bei dem es viele Schwerstverwundete gibt. Friedrich Spee spendet nicht »nur« seelischen Beistand, sondern pflegt Verwundete, die sonst sich selbst überlassen wären. Unter den Verwundeten sind auch etliche, die zusätzlich an Seuchen leiden. Hierbei infiziert sich Spee und stirbt noch im selben Jahr durch die Ausübung der tätigen Nächstenliebe am 7. August 1635. Nach der Wiederentdeckung seines Grabes 1980 ruht Spee in der nach ihm benannten Gruft unterhalb der Jesuitenkirche in Trier.

Im Erzbistum Köln wird Friedrich Spee als eine heiligmäßige Person wahrgenommen. Auf Nachfrage in der Deutschen Provinz der Jesuiten in München, wird Pater Spee innerhalb des Ordens zwar als »vorbildhafte und anerkannte Person« bezeichnet, es gebe jedoch seitens des Ordens »keine persönliche Verehrung«. Dort denkt niemand an eine Seligsprechung. Der Bischöfliche Offizial in Trier, Dr. Georg Holkenbrink, schreibt unter anderem, dass die Verehrung Spees eher auf »intellektueller Art« zu finden sei. »Die Historiker, die Moraltheologen und Liturgiewissenschaftler interessieren sich für sein

Wirken. Aber bei den Gläubigen heute ist Pater Spee keine Persönlichkeit, die eine Verehrung (im religiösen Sinne) erfährt«, so Dr. Holkenbrink. Diese persönliche Verehrung durch Gläubige ist aber Voraussetzung für ein Seligsprechungsverfahren.

Elmar Lübbers-Paal